ESCONJURO!

Este ABC da Liberdade é um romance inspirado
na Conjuração dos Búzios, Bahia, 1798

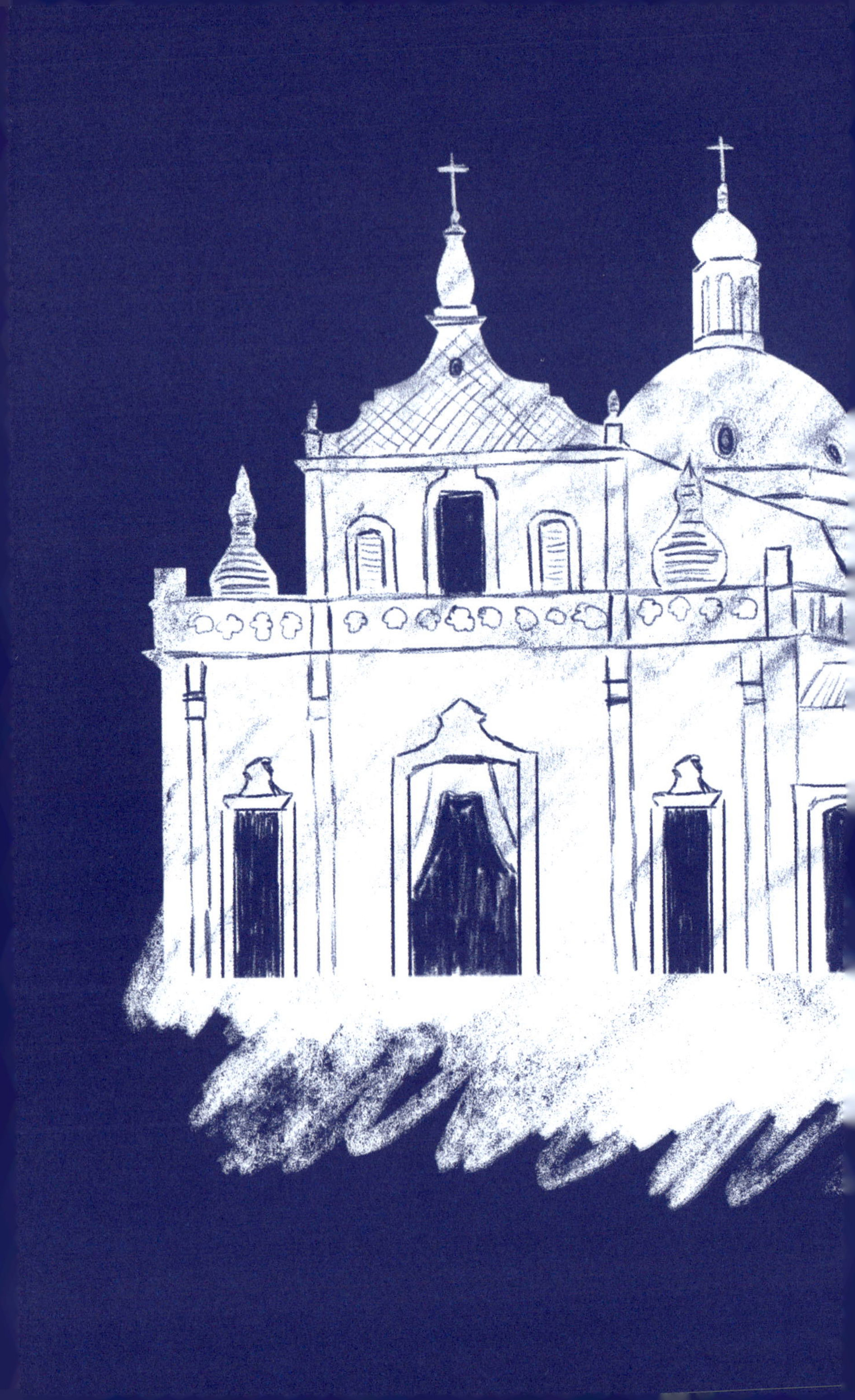

Esconjuro!
a corda e o cordel na Revolta dos Alfaiates

Luís Pimentel

ilustrações de Daniel Viana

Rio de Janeiro | 2021

copyright © 2020
Luís Pimentel

editoras
Cristina Fernandes Warth
Mariana Warth

**coordenação de produção,
projeto gráfico e capa**
Daniel Viana

Ilustrações
Daniel Viana

revisão
BR75 | Clarisse Cintra

Este livro segue as novas regras do Acordo Ortográfico da Língua Portuguesa.

Todos os direitos reservados à Pallas Editora e Distribuidora Ltda. É vetada a reprodução por qualquer meio mecânico, eletrônico, xerográfico etc., sem a permissão por escrito da editora, de parte ou totalidade do material escrito.

CIP-BRASIL. CATALOGAÇÃO-NA-FONTE
SINDICATO NACIONAL DOS EDITORES DE LIVROS, RJ

P699e

    Pimentel, Luís, 1953-
    Esconjuro! : a corda e o cordel na Revolta dos Alfaiates / Luís Pimentel ; ilustração Daniel Viana. - 1. ed. - Rio de Janeiro : Pallas, 2021.
    88 p. : il. ; 21 cm.

    ISBN 978-65-5602-038-9

    1. Novela. 2. Literatura infantojuvenil brasileira. I. Viana, Daniel. II. Título.

21-70813   CDD: 808.899282
                           CDU: 82-93(81)

Camila Donis Hartmann - Bibliotecária - CRB-7/6472

Pallas Editora e Distribuidora Ltda.
Rua Frederico de Albuquerque, 56 – Higienópolis
CEP 21050-840 – Rio de Janeiro – RJ
Tel./fax: 21 2270-0186
www.pallaseditora.com.br | pallas@pallaseditora.com.br

A realidade, no mundo real, é aquilo que existe efetivamente. O que aconteceu, do jeito que aconteceu. Mas existe o mundo sonhado, onde a ficção é a realidade do jeito que poderia ter acontecido. Os fatos se queimam na fogueira da razão; a criação nos ajuda a enxergá-los, soprando a fumaça.

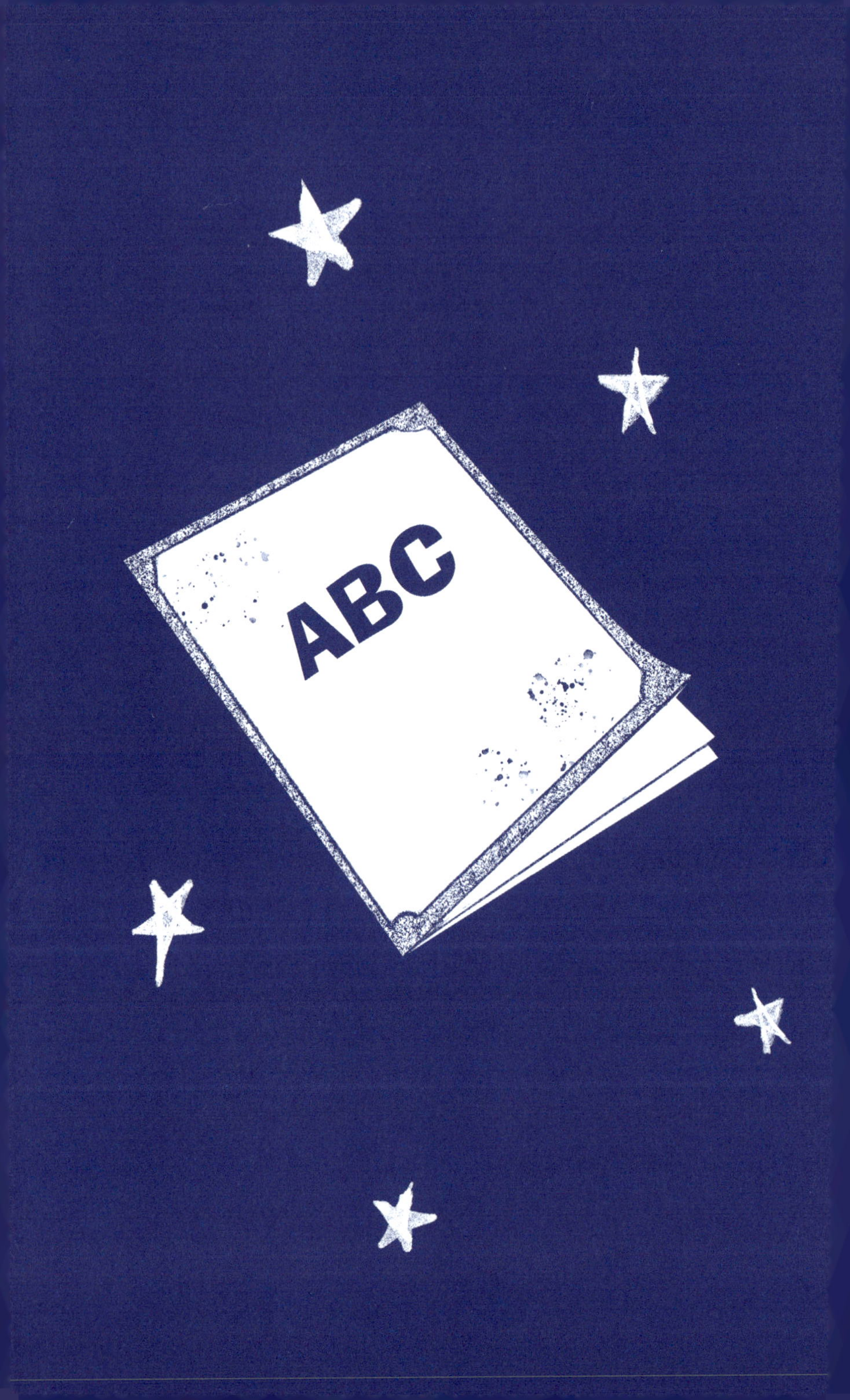
ABC

COM A HISTÓRIA NA MÃO E NO CORAÇÃO

Chico Alencar

Ao terminar de ler *Esconjuro!* eu estava emocionado. Confirmei, pela escrita apaixonada e apimentada de Luís Pimentel, que a História não é um campo de certezas, mas um espaço fascinante de amargas realidades, doces sonhos e grandes mistérios a desvendar. Sem parar, sem parar!

A letra fria no papel pode estar carregada de comoção. A tinta da escrita nesse fundo branco pode conter plenitude de cores. Foi o que encontrei aqui. Cores, sabores, escuridão, saberes milenares. Mandinga, ginga dos capoeiras a driblar as ciladas da ira. Catinga também: da podridão dos poderes absolutos, que jamais enforcarão de vez os delírios de uma sociedade igualitária. Que nunca esquartejarão a integridade dos corpos sedentos de amor e liberdade.

Este romance histórico nos faz olhar o que passou como algo que grita ao presente e anuncia também o futuro. As acontecências que Pimentel relata com maestria são tópicas. Lendo, você viaja pelos lugares, detalhadamente descritos. Você visualiza a velha e triste Bahia (tão dessemelhante), com sua negritude e caboclice. Você percebe o pulsar do suor, do desejo, da ânsia de quem existiu faz tempo, mas continua tão próximo, tão familiar.

Nesta obra, narrativa de uma utopia concreta, você verá como há um contínuo na história humana de rebeldia e opressão, de falsidade e comunhão. De mentira, de trapaça, mas também de busca da verdade – sempre parcial, sempre almejada. Como a liberdade.

As ideias liberais, pulsantes na Europa daquela segunda metade do século XVIII, ao chegar aqui ganham um ingrediente explosivo: o do repúdio à escravidão. Por isso escravos e negros forros, frades e soldados, profissionais liberais e artesãos aderiram à conspiração libertária. Artesãos: alfaiates e bordadeiras, sapateiros e carpinteiros, pedreiros e pintores. No sonho compartilhado nos becos e nas salas escuras, nos arrabaldes dos sítios e nas senzalas, estava sendo cerzido um novo país, estava sendo pintada uma nova Bahia, livre da dominação da metrópole.

A França da Revolução de 1789 era a inspiração: liberdade, igualdade e fraternidade. República, quem sabe. Tudo circulava na Loja Cavaleiros da Luz. Luz que vinha não só da maçonaria, dos princípios liberais franceses, mas também das notícias sobre os levantes de escravos no Haiti. Aspiração, inspiração. Tudo aqui magicamente encarnado, em cada personagem a quem Pimentel dá alma, carne, sangue, propósito, vida intensa.

Ao ler, de uma tacada só, o *Esconjuro!*, lembrei do Romanceiro da Inconfidência, da Cecília Meireles. Sim, Pimentel prova, como Cecília fizera, que é possível – digo mais, é necessário – voltar-se para o passado como se ele estivesse acontecendo aqui e agora. E carregá-lo do que ele, o passado humano, sempre tem: agonia, alegria, depressão, entusiasmo.

Como é inevitável, olhamos para os eventos antigos com os olhos e os óculos do nosso hoje. Por mais distanciamento que o historiador, com seu compromisso de cientista, busque ter. Aqui, nessa tocante obra literária, não há essa pretensão. Melhor para nós, leitoras e leitores. Luís Pimentel faz essa incursão na fantástica "Revolta dos Búzios", ou dos Alfaiates, equipado com conhecimento e enorme sensibilidade, com prosa e poesia, com lirismo e realismo, com imaginação e objetividade.

Esse ABC da Liberdade foi beber nas fontes primárias da documentação sobre a "Revolta dos Búzios", importantíssima e pouco estudada. Mais significativa que a Conspiração Mineira, como atesta a dura e cruel repressão: os "Tiradentes", aqui, foram quatro: Lucas Dantas, Manuel Faustino, Luiz Gonzaga das Virgens e João de Deus do Nascimento. O fato de serem pobres e pretos, alfaiates e soldados, explica o pequeno destaque na nossa historiografia, predominantemente classista, racista, "heroica". Dos vencedores. Ou mesmo dos derrotados, desde que assimiláveis pela ordem dominante. A "Revolta dos Búzios", em sua radicalidade, não foi adaptada ao sistema até hoje. Daí a importância de tudo o que, como esta obra, possa proclamá-la.

Aqui o movimento rebelde de 1798 ganha força, seiva e vida. A que teve quando aconteceu. Pimentel consegue reproduzir, com sua escrita de fogo e paixão, a paixão e o fogo que incandesceram os protagonistas daquela rebelião, homens e mulheres simples do povo.

A conspiração chegou às ruas com os manuscritos afixados nas igrejas de Salvador: "*Animai-vos, povo bahiense! Está para chegar tempo feliz da nossa liberdade, o tempo em que todos seremos irmãos, o tempo em que todos seremos iguais!*".

"Está para chegar", repetimos nós, os teimosos que acreditamos ser possível "arrancar alegrias ao futuro", como Maiakovski. Já esteve quase chegando, como essas páginas candentes mostrarão. Eu vejo aqui o futuro repetir o passado, pelo fio da esperança – sempre por um fio entre nós. Nós amarrados em cinco séculos de escravidão, de latifúndio, de exploração, de dependência. Nós desatando os nós e construindo, com tesão e vontade, os caminhos da liberdade. Esse livro ajuda, estimula, impulsiona.

"Esconjuro" é maldição, exorcismo, imprecação. *Esconjuro!*, o livro, traz força, tão urgente nesses tempos de distopia, para amaldiçoarmos todo ódio, exorcizarmos todo preconceito, fazermos forte imprecação contra toda opressão. Como o Profeta, uma espécie de "Cego Aderaldo" das feiras do sofrimento e da criação do povo, que pontua essas páginas. Suas exortações nos interpelam.

Os anais da História guardam o manifesto dos conjurados baianos, mas com esse ABC da Liberdade nós nos sentimos também seus autores, sofrendo com os personagens a um só tempo fictícios e reais. E vivendo com eles. E clamando com eles, aqui e agora: *"Povo, o tempo é chegado para defenderdes a vossa liberdade. O dia da nossa revolução, da nossa liberdade e da nossa felicidade está para chegar. Animai-vos que sereis felizes para sempre!"*.

Ler *Esconjuro! – a corda e o cordel na Revolta dos Alfaiates* é fragmento da felicidade coletiva tão almejada. Dá prazer, move e comove.

Chico Alencar é professor de História, escritor e parlamentar

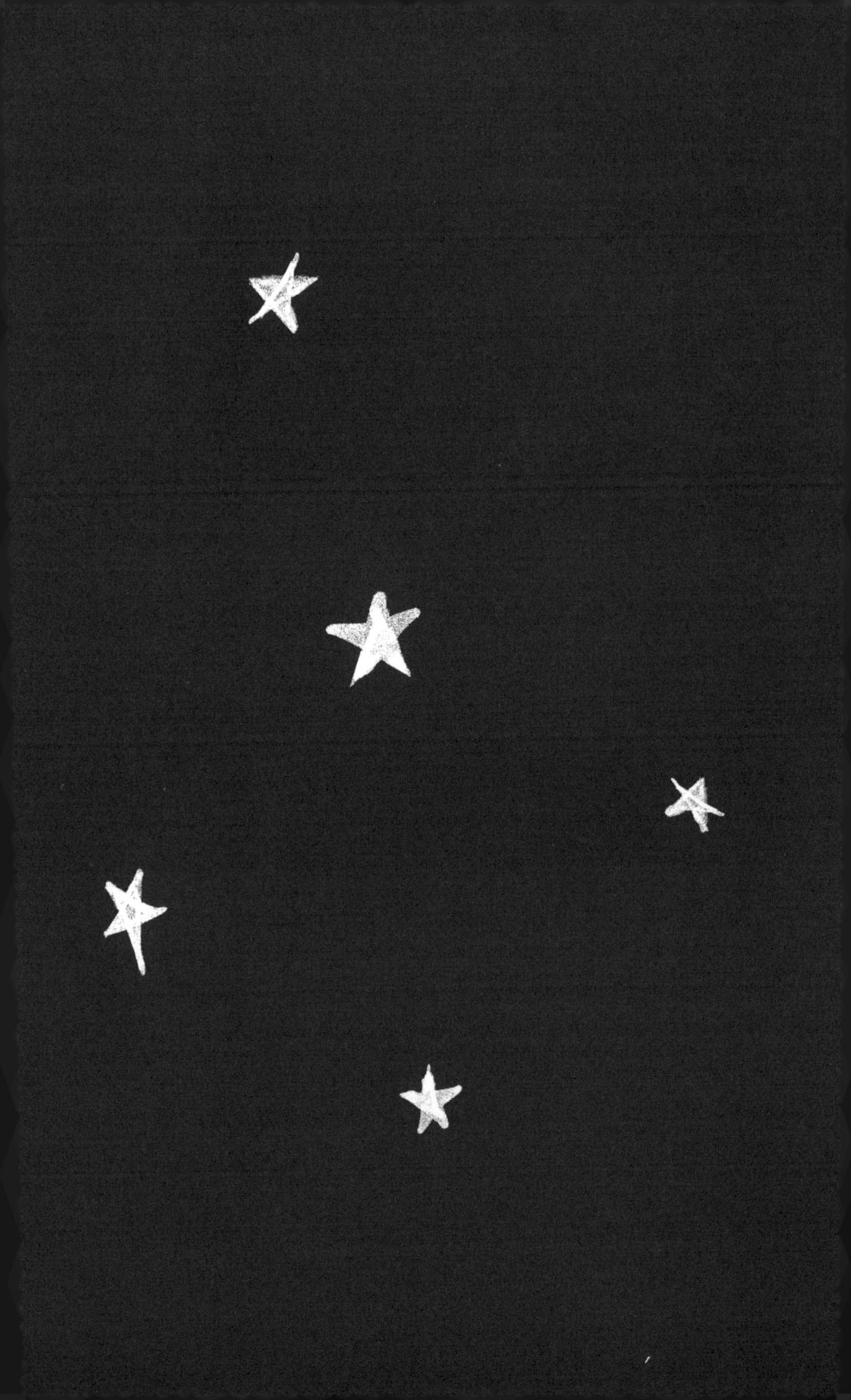

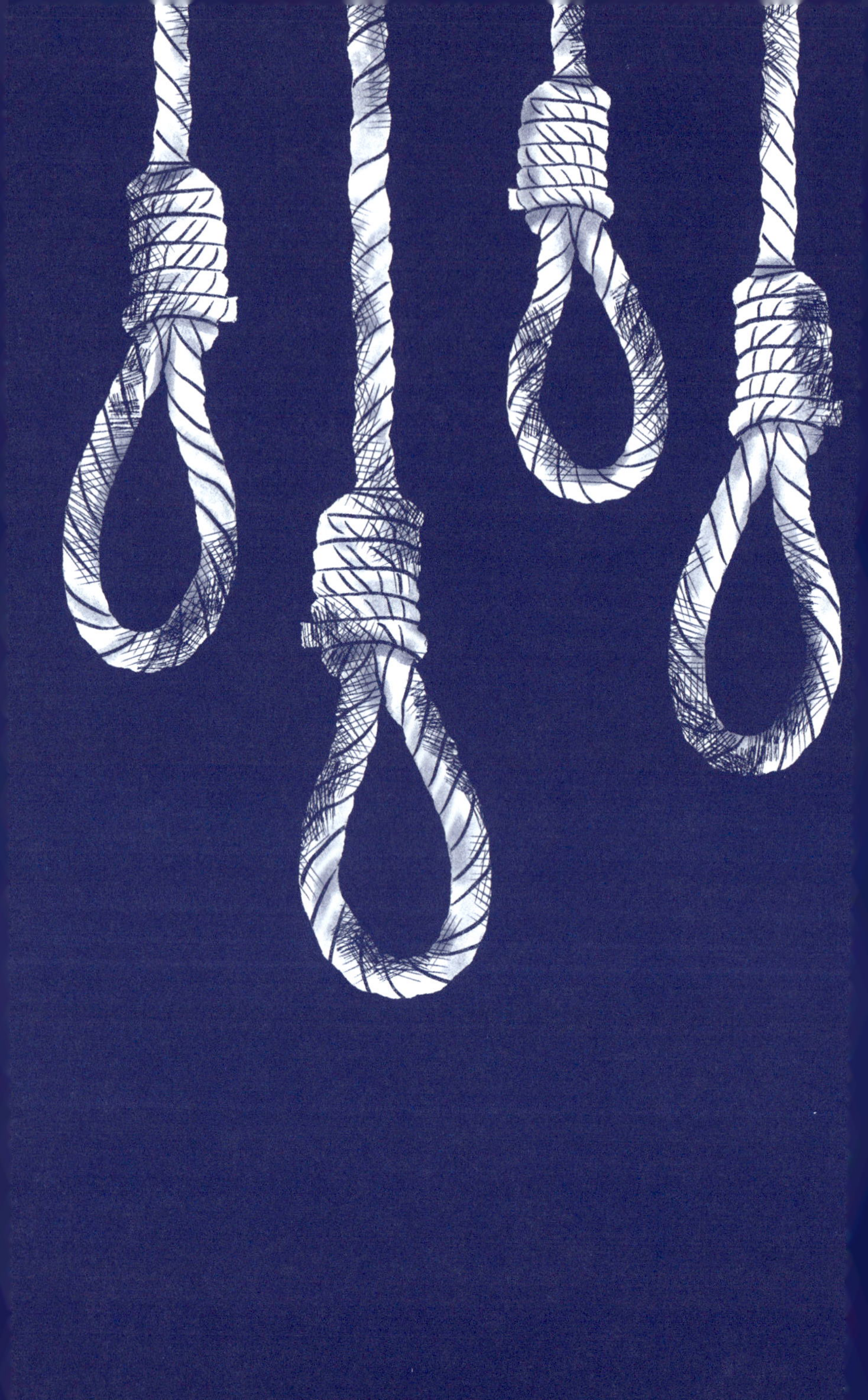

Esconjuro todo dia
Sem a urgência do agora.
Esconjuro toda hora
Vivida sem valentia.
(Berimbau do Bonfim)

... E, pela dedução dos fatos descritos e suas convincentes provas, o que tudo visto, e mais dos autos, condenam os réus Luiz Gonzaga das Virgens, pardo, livre, soldado, solteiro, 36 anos; Lucas Dantas de Amorim Torres, pardo, liberto, solteiro, 24 anos; João de Deus do Nascimento, pardo, livre, casado, alfaiate, 27 anos; Manuel Faustino dos Santos Lira, pardo, forro, alfaiate, 22 anos [...] a que com baraço e pregão, pelas ruas públicas desta cidade sejam levados à Praça da Piedade, por ser também uma das mais públicas dela, onde, na forca, que, para este suplício se levantará mais alta do que a ordinária, morram morte natural para sempre, depois do que lhes serão separadas as cabeças e os corpos, pelo levante projeto, pelos ditos réus, chefes, a fim de reduzirem o continente do Brasil a um Governo Democrático.

Baraço e pregão: *punição que consistia em levar o réu com o laço da forca (o baraço) preso ao pescoço, enquanto o pregoeiro anunciava em voz alta o delito cometido e a pena recebida.*
(Glossário de Palavras e Expressões Séculos XVIII e início do XIX)

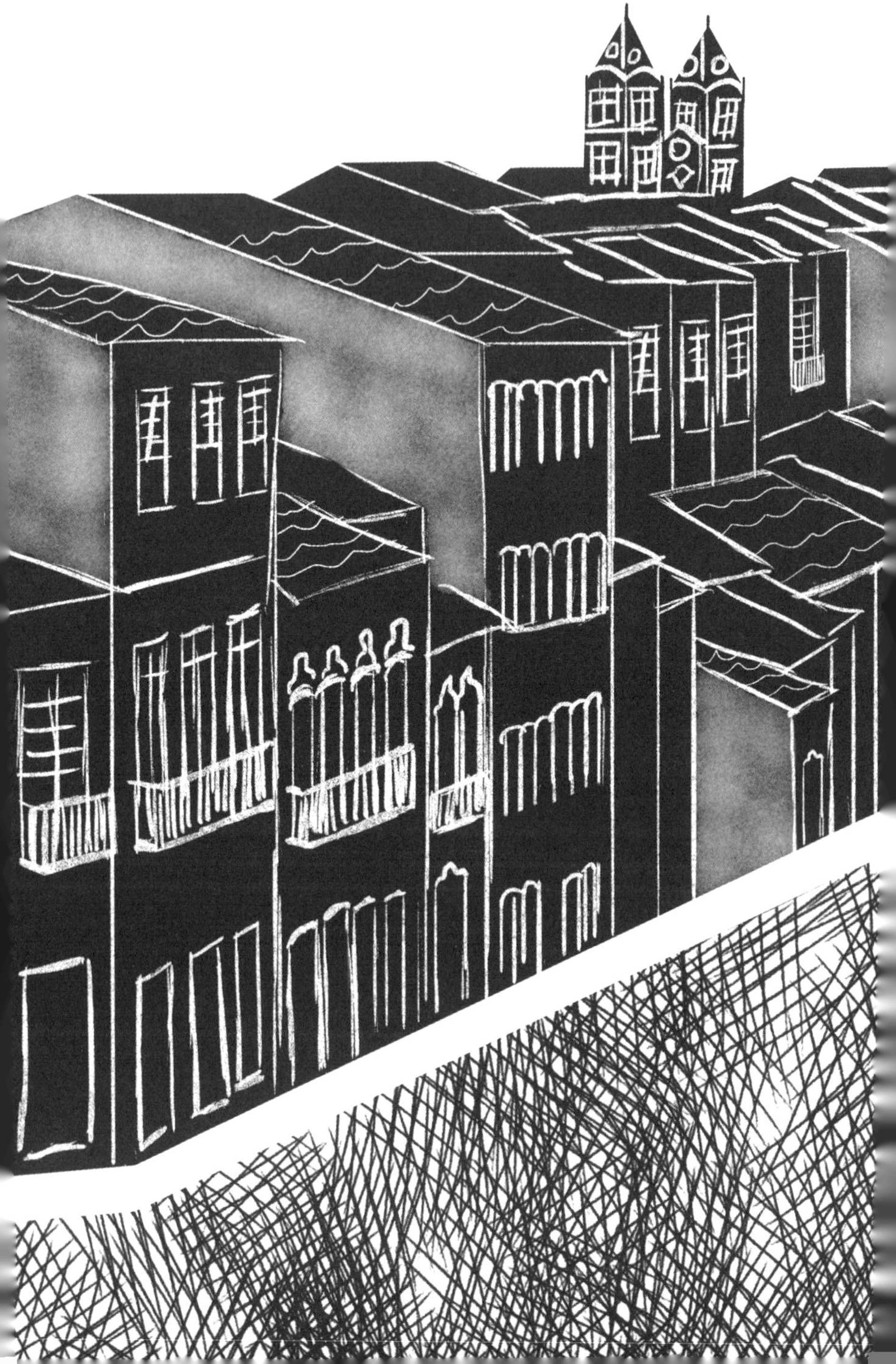

Prólogo

– Então o Demiurgo, senhor do universo e da natureza divina, chamou um discípulo e disse: "Faça o que mando, não faça o que eu faço. Não imite nem espere por ninguém, não se permita vergar a espinha, não cuspa no prato nem levante a voz. Mas não se esqueça: o medo será sempre mais forte, o mundo será do mais forte, você seja ou não temente a Deus. Porque o vento insiste em ventar sobre as cabanas de palha. E profeta em seu tempo ainda é aquele que prevê dias a cada dia piores. Não há mistérios no mistério, meu filho. Entre a fé e a ciência, fique com as duas.

– Ouviu isso? O nosso Profeta está a cada dia mais maluco.

Rodolfo Amado, filho e pai da Bahia, subia e descia, dia após dia e quase sempre à noite, as ladeiras da cidade dos seus sonhos, na qual viveram todos os antepassados, com direito a paradas estratégicas nas biroscas onde se servia as melhores cachaças da boa terra.

Leitor voraz da Bíblia e conhecido nas zonas boêmias e religiosas como Profeta, Rodolfo Amado sonhava em reescrever todo o livro sagrado, adaptando-o aos percalços dos nossos dias. "Eu canto os meus Cristos de chapéu de palha e alpercatas de couro e borracha", dizia ele, pregando pelas ruas de Salvador com sua voz de caititu ferido.

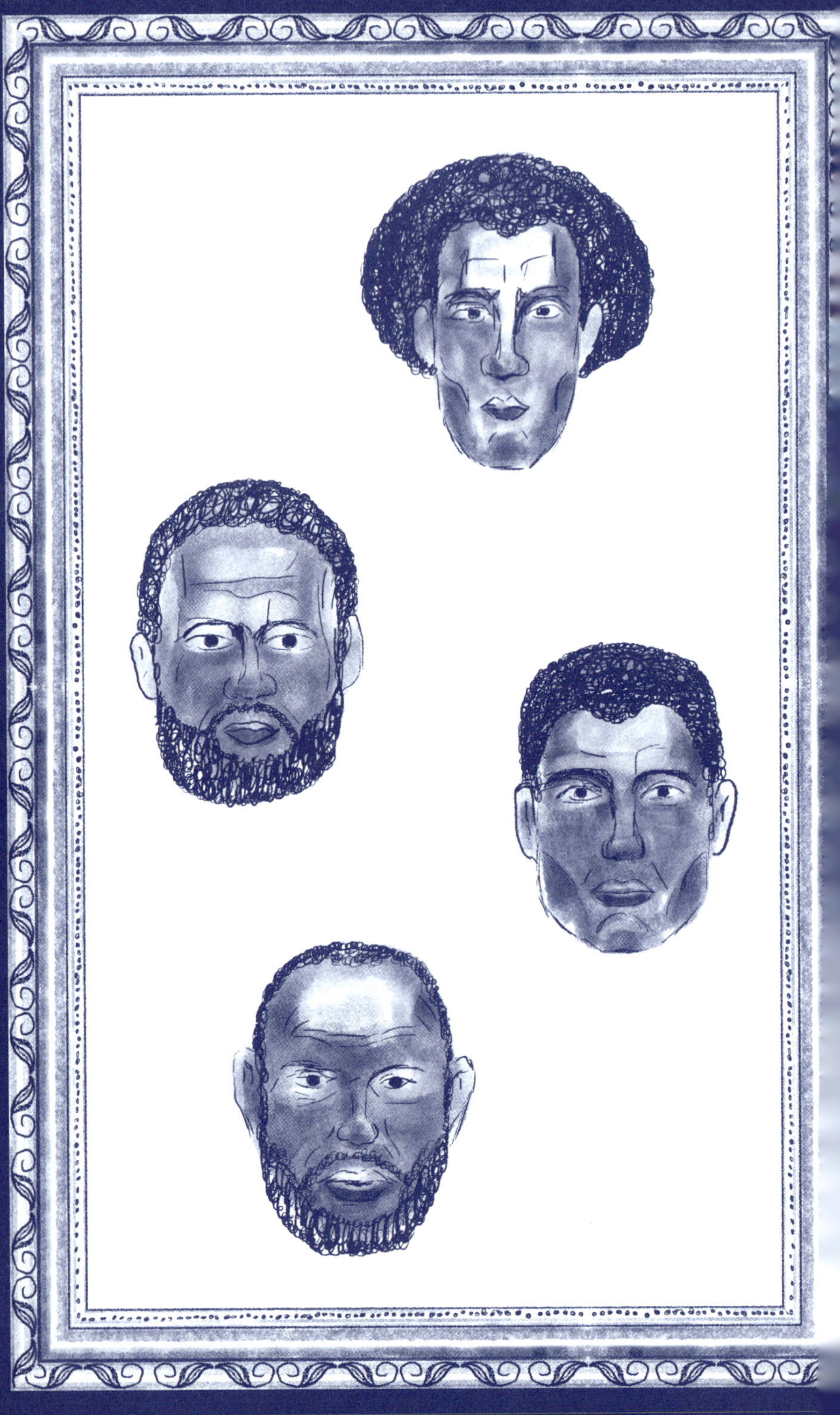

Esconjuro!

Separadas as cabeças e os corpos.

Ainda hoje, tanto tempo passado e somado nas juntas dos dedos, tanta culpa menos pelo que fiz e mais pelo que deixei de fazer, transformada em dores nos ossos, me arrepio com o pavor que vi nos olhos de Luiz, de João de Deus, de Manuel e de Lucas. O que se desenhava nos semblantes aflitos daqueles homens, filhos libertos da amada Bahia, não era um pedido de clemência. Antes, uma interrogação ecoando entre as pedras do chão ou as paredes das casas na Praça da Piedade quando os quatro, cabeças erguidas na direção do Cruzeiro do Sul, passaram por mim, a caminho do cadafalso.

Eu bem que poderia estar ali entre eles, no meio deles, mas uma luz, um aviso, o medo ou a covardia fizeram com que eu tratasse de me esconder no momento certo, no caminho da roça, onde fui me acoitar sob o pé de cajazeira que sombreava a casinha de minha mãe, lá pras bandas de Gavião, bem depois de Riachão de Jacuípe para quem imbica na estrada que nos leva a Senhor do Bonfim. Até hoje, não sei se é covardia um homem bater em retirada ou se é valentia um homem ficar parado diante da onça. Não sei se é mais ou menos valente o que sobe na umburana ou o que enfrenta a fera.

Nem me perguntem, não saberei responder se há mérito em morrer por descuido ou por um ideal.

Não sei. Até hoje não sei.

De minha barraca no Comércio, em frente ao ponto de onde acompanhava o movimento dos barcos, o canto dos pescadores, o voo das gaivotas, o ondular arquejante das ancas de Lucrécia, minha amada, em seu doce balanço a caminho de seu ponto comercial na Feira de São Joaquim, eu abria os olhos e o peito para a terra onde ganhava o meu pão. Dali, de minha pequena fortaleza e onde mais tarde começaria a ser construído um grande mercado, eu participava corajosamente da grande revolta, recebendo e repassando panfletos e boletins, informando horários de reuniões, levando e trazendo mensagens, ajudando a distribuir tarefas e a gerenciar cumprimentos.

Minha barraca estava posicionada estrategicamente sob os raios do sol da Bahia, em frente ao muro que um dia seria derrubado para se fincar os alicerces do enorme elevador de gente que sobe e que desce de uma cidade a outra. Todos saibam que eu também sonhava com um povo liberto e grandioso, enquanto o vento ventava em minhas ideias e eu recebia, na nuca, o frescor da Baía de Todos os Santos. Vendendo as minhas mercadorias, que incluíam esteira, bocapiu e chapéus de palha feitos por minha santa mãezinha, eu era inteiro um homem e sua força, um homem e suas esperanças, um homem e seu lugar no mundo, por menor que ele fosse.

Eu era um homem e um sonho difuso de liberdade.

Tive pouca serventia, mas foi graças a mim que os versos escritos por Berimbau do Bonfim, espalhados pelos quatro cantos de Salvador, sobreviveram ao vento, à chuva, à maresia e à arrogância daqueles que neles escarravam. Catei e guardei, um por um (outros devem ter se perdido), para que hoje os senhores os encontrassem.

A minha intenção era ajuntá-los num ABC de cordel, de forma e conteúdo livres.

Também guardei na cachola e hoje recito, salvo erro, troca ou engano de uma ou outra palavrinha, as devoções e imprecações do Profeta, as quais não deixei que fossem levadas pelo vento que descia no sumidouro da Barra até as brumas do mar sem fim.

Vejam vocês... Afffeee, Maria... Esconjuro!

Seja enterrado o passado

Uma incelença entrou no paraíso. Adeus, irmãos, adeus, até o dia de juízo. Pela alma do irmão Lucas Dantas, uma incelença que Nossa Senhora deu a nosso Senhor. Essa incelença é de grande valor. Pela alma do irmão Manuel Faustino, uma incelença que nos deu senhor Deus: Nossa Senhora da Graça, livrai-me da peste. Ave-Maria. Pela alma do irmão João de Deus, uma incelença à virgem da Conceição: Deus não permita que eu morra sem confissão. Para o irmão Luiz Gonzaga, uma incelença à Virgem do Rosário: Que do vosso ventre se abriu um sacrário.

Que pais, mães e irmãos e amigos vivam no conforto de suas memórias, de seus exemplos. Que o cheiro do suor dos seus corpos seja varrido deste chão e assoprado pelo vento de todos os coqueiros das praias da Bahia. Que viva a Deus, Nossa Senhora, viva a Deus, Virgem Maria, que jamais voltem essas horas, que nunca voltem esses dias.

Seja enterrado o passado. Mas que não se esqueça da agonia.

Profeta

– Pai, afasta de mim este cálice, esta semente, esta penumbra, este caminho de ser um só, apenas um e tão pequeno, tendo que estar em toda parte. Afasta a sede, quando e onde não houver água, a fome fora de hora, o amor não correspondido. Afasta a sombra que esconde os inimigos. Revela para mim o teu porte poderoso, piedoso e paterno de pai, pai, meu pai. Ou encha o cálice e bebamos juntos. Mas não me abandones novamente.

Trago notícias que não são boas

Felizarda acabara de encher de brasas o ferro de engomar com o qual passaria as roupas de baixo e de cima do padre Antônio quando o forasteiro bateu com as juntas dos dedos na porta de madeira da sacristia.

– Tarde, minha senhora. Permita-me, nessa hora, atrapalhar sua paz. Se o pedir não for demais.

– Tarde, moço.

– Essa é a Igreja de Nossa Senhora da Purificação? Diga se sim ou se não.

– Oxente! O senhor fala tudo fazendo rima, é?

– Desculpe. É que sou poeta, força do hábito.

– A igreja é essa mesma, sim senhor.

– Aqui se encontra, enviado de Jesus, que por nós penou a cruz, o padre Antônio Francisco de Pinto?

– No momento, não, pois foi dar a extrema-unção para um moribundo, mas daqui a pouco, sim. Celebra a missa no comecinho da noite. O senhor deseja esperar?

– Não é com o vigário que desejo ter, nem me sobra tempo agora, infelizmente, para acompanhar a santa missa.

– E deseja o quê, então, homem de Deus?

– Falar com uma escrava dele, que tem por nome Felizarda.

– Felizarda sou eu, desde menina. Em que posso acudir a sua pessoa?

– Dona Felizarda, esposa de Raimundo Ferreira, pais de Manuel Faustino dos Santos Lira, todos nascidos e criados aqui mesmo em Santo Amaro?...

– Vixe, Maria, mãe de Deus, desenrole essa prosa e diga logo o que o senhor quer.

– Vim falar de Manuel.

– O nosso filho não mora mais aqui. Vive na cidade de Salvador da Bahia. Trabalha como marceneiro e alfaiate.

Aliás, é um dos melhores e mais respeitados alfaiates de toda a cidade de Salvador.

– É bom ver uma mãe toda prosa. E das virtudes de um filho tão orgulhosa!

– Faz o de vestir para muita gente importante, da sociedade e do governo do Bahia.

– Eu sei. E é dele que trago notícias, que não são boas. Manuel Faustino será enforcado e esquartejado amanhã, na Praça da Piedade.

Felizarda arregalou os olhos vermelhos e mostrou os dentes brancos de assustar:

– O que fez o meu menino? O que vão fazer com ele?

Agarrou com força os próprios cabelos, como se quisesse arrancá-los, antes de largar o ferro em brasa sobre o tecido da batina e cair no chão, derrubando cadeiras, panelas, moringa.

O mensageiro ainda pretendia perguntar qual o caminho mais perto para se chegar à Vila do Rosário de Nossa Senhora do Porto da Cachoeira, mas se assustou. E saiu correndo, pensando em nunca mais por os pés nas terras de Santo Amaro da Purificação.

Só duas ou três léguas depois ele parou para respirar e descansar as pernas embaixo do pé de umburana. Meteu a mão no bolso da bunda, de onde retirou papel bem amassado e lápis com a ponta roída, para escrever uns versos:

Saindo de Santo Amaro
Com destino a Cachoeira
Debaixo do pé de pau
Com a poesia na algibeira
Aqui o vate se encontra
Então sem eira nem beira
Desvendando esse recôncavo...

O poeta, que se chamava por batismo Gregório Alves, mas que assinava Berimbau do Bonfim – maluquices de poeta – procurou um lugar para beber água, enquanto a rima para recôncavo não vinha. Depois relaxou um pouco sobre as malvas à beira do Rio Subaé, onde adormeceu.

E sonhou, pois os poetas não descansam nem dormindo, que um pássaro imenso, meio águia, caracará ou urubu sobrevoava o céu de Salvador, carregando no bico um pedaço de pano branco, manchado de sangue. Que soltava a presa lá de cima e o pano vinha caindo, caindo, bailando no vento, até mergulhar nas águas escuras da Lagoa do Abaeté.

Profeta

– Não temos todos nós o mesmo pai? Não nos criou o mesmo Deus? Não, irmão, a cada alma a sua ausência de solução e de paz. O meu caminho não é o seu, o meu pai não é o seu, embora tenhamos o mesmo e paterno sangue. Os dedos da mão são irmãos; mas não são iguais. Filho do homem, o teu irmão, os teus irmãos, são todos aqueles que moram na casa do pai. Mas alguns irmãos são menos irmãos, pois há aqueles que desejam o teu mal, que cospem em tua sombra e cobrem com sal grosso os caminhos por onde passas. Nem todos os homens merecem o amor do homem, filho dele, mas o homem é pleno e puro e não enxerga o ódio que só embrutece.

Viva a Bahia e o Brasil libertos!

O estandarte-símbolo da Academia dos Renascidos fora desenhado por Lucrécia, cortado e costurado por Luiza, bordado com realce para as cores azul, vermelho e branco da primeira bandeira da Bahia, por eles chamada de Bandeira da Conjuração Baiana, e que mais tarde veio a ser readaptada como bandeira oficial do estado, e para sempre ficou. Com detalhes azuis nas laterais, cercando o miolo branco sobre o qual resplandecia uma estrela vermelha, assim ficaria a linda peça que teria a função de permanecer pendurada junto à janela, na sala de reuniões.

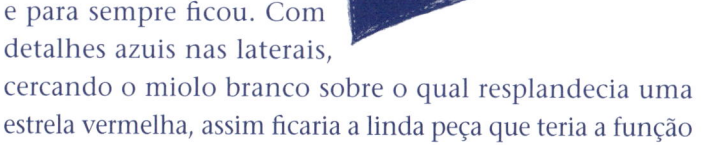

Cipriano Barata pediu a palavra para abrir os trabalhos em nome dos cavaleiros da luz, sempre atentos, sempre em alerta, defendendo os bons sentimentos e os laços sociais e culturais tão caros à família baiana.

– E viva a liberdade! – bradou Cipriano.

– E viva a Bahia e o Brasil libertos! – responderam em coro.

O fim do ano se aproximava, estávamos quase em novembro, mas as noites continuavam frias em Salvador. O vento da cruviana, um assovio veloz, gelado e arrepiante que vem do sertão de Canudos, voando pelas estradas e pelos galhos das árvores de Tucano, Bom Conselho, Jacobina, Jorro, Serrinha, Feira de Santana, varre os caminhos até chegar a Salvador. E o bairro da Barroquinha era uma quase baixada, dos cantos que mais esfriavam nas noites de inverno ou de primavera. Por isso fecharam portas e janelas.

Não só para se protegerem da friagem, como também para evitar que aquela falação ganhasse as ruas do bairro, subisse ladeiras até a Praça da Sé e adquirisse novos enredos no Terreiro de Jesus.

– Paredes têm ouvidos, companheiros!

O ilustre professor Francisco Muniz Barreto cofiou os bigodes e ajeitou os óculos. Pediu silêncio e atenção, lembrando que a Academia, para levar adiante cada vez mais os seus propósitos revolucionários, precisava ampliar as adesões, que cada um convidasse ou trouxesse mais um, sem distinção de raça, de credo, de costume ou de fortuna:

– Nossa luta é por um movimento verdadeiramente popular. Que venham os brancos e os negros, que sejam eles homens escravos ou libertos! Que venham os civis e os militares, os mecânicos, os artesãos, os pedreiros, os marceneiros, os alfaiates...

Foi interrompido por João de Deus do Nascimento, na qualidade de representante de duas categorias citadas – era cabo de esquadra do Segundo Regimento de Milícia e mestre alfaiate, com clientela selecionada entre gente de bom gosto de Brotas e da Vitória:

– Emérito professor, como representante das camadas populares do nosso movimento, que com a graça do Senhor do Bonfim e com a força dos nossos braços deverá se sair vitorioso, eu digo ao senhor, detentor de minha mais nobre admiração, que essa luta é mesmo de todos nós. De todos os homens corajosos da Bahia, de todos os que anseiam pela liberdade!

Era o mote que o poeta precisava para cantar o João sem medo em novos versos do inspirado Berimbau do Bonfim, bem como o sonho de todos aqueles homens corajosos ali reunidos:

> No coração da Bahia,
> No peito de João de Deus,
> Onde renasce a harmonia,
> Recolhendo os que são seus,
> Viva sempre a valentia
> Que há de levarmos um dia
> À paz que o pai prometeu:
> Cada homem, uma alegria.

O Auto da Semana Santa

Padre Antônio encontrou Felizarda caída, desmaiada, no chão de cimento da sacristia. Tratou de socorrer a fiel camareira que o acompanhava há tanto tempo e perguntou o que tinha acontecido. Felizarda contou a história desde o começo, com a visita do poeta estabanado que falava tudo rimando, e caiu no choro quando transmitiu a notícia que recebera.

Padre Antônio, que chegara da reunião em casa de uns fiéis, marcada para alinhavar argumento e roteiro para o auto que, mais uma vez, trataria do suplício e sofrimento de Jesus Cristo, decidiu naquele momento que iria até Salvador, falar com o bispo e descobrir tudo o que estava acontecendo. Já pensava seriamente em mudar o tema para a encenação deste ano.

Seu Cristo judiado se chamaria Manuel – depois ele descobriu que se chamaria também Luiz, João e Lucas – e sua luta na pregação aos povos desceria dos montes e montanhas da Palestina para as ladeiras íngremes da Bahia, com os soldados romanos da Coroa portuguesa acompanhando o cortejo, juntamente com todos os santos da igreja e mais os orixás do candomblé, as divindades, os devaneios, os dilúvios jorrando sangue sobre o palco.

Seria um auto ecumênico, como o povo da Vila de Nossa Senhora da Purificação e Santo Amaro jamais veria igual.

Profeta

– Que nem a alma do desesperado em franco desespero, a minha alma também foge, como um pássaro em chamas, para o monte sagrado daquele que jamais nos nega o refúgio. As flechas dos ímpios não acertarão as asas do pássaro nem o nosso coração, porque, para o filho que espera pela volta do pai, não há tempos de brasa nem de enxofre. Do seu templo ele olha e contempla os que se orgulham e os que esconjuram, os que choram, os que amam sobre o leite derramado. A morte chega mais cedo para o homem do que para o filho do homem.

Se este dogma for seguido

– João de Deus!

Gregório Alves, o poeta e mensageiro estabanado, se lembrou do nome do homem. Era a família de João de Deus do Nascimento que deveria ser encontrada em Cachoeira. Justiça seja feita, ele arrependeu-se amargamente da hora em que aceitou a tarefa de levar às vilas do Recôncavo a notícia dos enforcamentos.

"Isto lá é notícia que se dê a um pai ou a uma mãe? Esconjuro!".

Mas aceitara a incumbência, e agora era prestar o serviço da melhor maneira possível. Não se considerava com disposição e destemor suficientes para ombrear com os demais na linha de frente da revolta, mas era simpatizante do movimento. Portanto, fazia a sua parte.

Gregório meteu os pés na estrada que o levaria à Vila de Nossa Senhora do Rosário do Porto de Cachoeira, cantando, para se alegrar e ajudar a fazer o tempo passar, o Hino da Conjuração dos Búzios, que já sabia de cor, composto e escrito pelo intelectual e professor Francisco Muniz Barreto, seu amigo do peito e poeta que nem ele:

Igualdade e liberdade,
No sacrário da razão,
Ao lado da sã justiça
Preenchem o meu coração.

Se a causa mortes dos entes
Tem as mesmas sensações
Tem as mesmas precisões
Dados a todos os viventes,
Se a qualquer suficiente
Meios da necessidade,
De remir com equidade,
Logo são imprescritíveis
E de Deus, leis infalíveis:
Igualdade e liberdade.

Se este dogma for seguido
E por todos respeitado,
Fará bem-aventurado,
Ao povo rude e polido.
E assim que florescido
Tem da América a nação!
Assim flutue o pendão
Dos franceses, que a imitarão
Depois que afoitos entrarão
No sacrário da razão.

Estes povos venturosos
Levantando soltos os braços,
Desfeitos em mil pedaços
Feros grilhões vergonhosos,
Jurarão viver ditosos,
Isentos da vil cobiça
Da impostura e da preguiça
Respeitando os seus direitos,
Alegres e satisfeitos
Ao lado da sã justiça.
Quando os olhos dos baianos
Estes quadros divisarem,
E longe de si lançarem
Mil despóticos tiranos,
Nas suas terras serão!

> Oh, doce comoção
> Experimentarão estas venturas,
> Se elas, bem que futuras
> Preenchem o meu coração.

Entre uma estrofe e outra, Gregório Alves parava para cuspir, assoviar para um passarinho, respirar fundo e sentir o aroma das malvas, dos alecrins, dos paus-de-rato.

O trabalho e a liberdade

Eu acabara de atender a uma freguesa, que comprara chapelão de palha para lavar suas roupas no quintal de casa e uma esteira para o marido estirar as costas, quando a visita ilustre e ilustríssima de Francisco Muniz Barreto chegou, me dando alento, desejando um bom-dia, educado que só vendo, uma finura de homem e de cidadão.

– Bom dia, professor Muniz. A que devo a honra de sua visita?

– Eu ia por aqui passando, batendo pernas pela cidade, quando resolvi parar para cumprimentar o velho amigo. O senhor me diga como vão os negócios. Bem, como convém?

– Não me queixo, professor. Dizem que quem reclama já perdeu o jogo. E não se dá conta de que tem situação pior à sua volta.

– Isso, meu amigo. A sensibilidade, além da razão, vai contribuir para iluminar cada vez mais os homens, na direção da verdade absoluta. Com ela, virá o bem-viver, a felicidade, a liberdade. O amigo já ouviu falar no Iluminismo?

– É de iluminação?

– Mais ou menos. De esclarecimento, de ilustração. Vem do latim *iluminare*. De luz, como um todo. Os grandes pensadores dizem que estamos vivendo o século da luz, um momento pleno.

– Isso é bom, professor?

– É muito bom, conterrâneo. Associado a ele, a esse momento pleno e especial, estão ideias que, se postas em prática, vão tirar o homem do estágio de conformismo, de covardia, de escravidão.

– Isso é possível, professor?

– Impossível é que não é.

– E como será feito?

– A palavrinha mágica é revolução. Revolução, meu caro.

– Vai mudar muita coisa, professor?

– Pelo menos no fundamental, sim. E o que é fundamental, para todos nós homens que usamos a nossa força de produção?

– O que é, professor?

– O trabalho, certo?

– Certo.

– Pois bem: o trabalho deve ser feito sempre com liberdade. De fazer, de escolher, de produzir, dar, emprestar ou vender. Vou lhe trazer umas leituras para o senhor se aprimorar mais nessas questões. O senhor aceita?

– Com muito prazer, professor Muniz. Aprender é sempre bom.

– É isto, meu compadre de ideais. Boas conversas. Eu vou seguindo então o meu caminho, vou cuidar da vida. Passe muito bem.

– Passe bem, professor.

E lá se foi o meu iluminado amigo, pisando firme e forte nas pedras, a coluna ereta, os olhos duros, a cabeça erguida e o nariz imbicado em direção à Ladeira de Montanha.

Deus o proteja, professor.

Profeta

– Por que Caim levou o irmão ao campo para matá-lo? Porque nenhuma covardia era cometida diante de testemunhas. E disse a Deus: "Eu não sei dele, eu não sei onde está o meu irmão", porque a mentira é também irmã do homem, como o medo, a fome e suas febres. Porque o homem, criação divina, teria sido feito à imagem e semelhança; mas não com a mesma fé e bondade. O criminoso foi condenado a ser fugitivo e errante para sempre, pois ainda não havia advogados nem juízes nem bolsas de valores.

Quem com o ferro futuca

Berimbau do Bonfim vendia os seus folhetos de cordel, e também galinhas vivas, lascas de pau para beberagens, remédios à base de folhas do campo na porta da Igreja da Ordem Terceira de São Francisco, quando o panfleto veio voando em sua direção. Homem instruído, o poeta pegou o papelinho e leu a mensagem, que dizia:

"Está para chegar o tempo feliz da nossa liberdade: o tempo em que seremos irmãos, em que todos nós, pretos, pardos, brancos ou de qualquer cor, seremos iguais".

Berimbau se preparava para merendar sua merenda, farinha fresca fininha com pedaços de rapadura escura, mas adiou a ação em nome da inspiração.

"Isso dá um romance em versos", pensou.

Teve a ideia de escrever o novo livreto, contar mais essa epopeia. Afinal, a matéria-prima batia à sua porta. Catou outros panfletos jogados pelo chão ou deixados pelo vento nos grossos batentes de pedras da Igreja de São Francisco ou em frente à Igreja de São Pedro dos Clérigos, até na porta da Igreja do Rosário dos Pretos, que fica logo ali.

Os panfletos apregoavam coisas como "Junte-se aos revolucionários do movimento libertador da Capitania da Bahia. Justiça, luta e liberdade!", "Vamos tomar conta do Governo da Capitania da Bahia, livrar o nosso povo do domínio português"... e depois de reuni-los, lê-los e relê-los na birosca do amigo Anescar, pegou lápis e papel e começou a rabiscar os seus versos, que diziam assim:

Liberdade, liberdade,
Que vem do céu ou do chão,
Que ilumina o coração
Que nasce sem ter idade.
E só morre quando a vontade
Que é irmã da inspiração
Se cala no peito, em vão,
E faz do homem um covarde.
Liberdade é dom maior,
Que vem com a alma do homem,
Desde menino consome,
A chama feita em suor.
Da luta, do ardor, do pó,
Da incansável labuta,
Pois quem com ferro futuca
Nunca vai morrer de fome.

Papéis sediciosos também foram pregados em prédios na Praça do Palácio, no Açougue da Praia, em muros no bairro da Conceição da Praia e na Ladeira do Carmo. Quem passava e lia e seguia viagem ia pensando se entendeu ou não as mensagens, se o povo baiano estava maluco e explodindo de coragem ou se o mundo estava mesmo era prestes a se acabar.

Chegando em casa, Berimbau pegou de volta o papel com as anotações e prosseguiu na feitura do seu ABC, embalado na coragem, na vontade e naquela febre criativa que os poetas dizem sentir quando agarram o mote:

> Liberdade irmã do homem,
> Que vem nas brisas do dia,
> Trazendo dor ou alegria
> Aos que o seu fogo consome.
> Aqueles que a perseguem,
> Tomando-a como amiga,
> Sabem que a força dá liga
> Quando os apelos se erguem.
> Vem, mulher, menino ou homem,
> Vem, moço, velho, rapaz.
> Quem sempre dorme com fome
> Não pode acordar em paz.
> Hoje a luta é pelo pão,
> Amanhã pela igualdade
> Cavalguemos o alazão
> Que nos leva à liberdade.

"Depois ajeito melhor essas rimas, que não estão grande coisa", o poeta pensou, juntando seus cacos, seus trapos e os papéis espalhados, antes que a Bahia mergulhasse nas sombras do medo.

Amigos, companheiros e camaradas

Depois de se informar aqui e acolá, Gregório Alves chegou à casa de Seu José de Araújo e Dona Francisca Maia, pais de João de Deus do Nascimento.

– Ô, de casa!

– Ô, de fora!

– Calorão, meus senhores...

– A época aqui é quente mesmo, seu moço. Cachoeira é terra de fogo. O amigo aceita um copo de água fresca de moringa?

– Com muito gosto.

A água foi servida em caneca fresquinha de alumínio. Gregório bebeu de lamber os beiços, botou ar pra dentro e pra fora, devolveu a caneca ao anfitrião, criou coragem e entrou no assunto:

– Aqui moram Seu José e Dona Francisca?

– Somos nós – respondeu José, ainda na porta da casa, enquanto Francisca temperava uma galinha lá pra dentro.

– Venho dizer que o vosso filho, o alfaiate e cabo de esquadra João de Deus do Nascimento é um dos mártires da Revolta dos Búzios que pipocou na Bahia.

– Revolta de quê, seu moço?

– Dos alfaiates, também chamada. O João de vocês é um herói, um dos líderes do movimento. Acontece que, herói ou não, o infeliz vai pagar com a vida pelo sonho de liberdade para a Bahia e os baianos.

– O senhor pode ser mais claro?

– Posso. João de Deus vai ser enforcado, por ordem da Rainha de Lisboa, Dona Maria Primeira, juntamente com os seus amigos, companheiros e camaradas, Luiz Gonzaga, Manuel Faustino e Lucas Dantas. O senhor conhece algum desses?

– Conheço ninguém. Não saio daqui. Nunca fui a Salvador da Bahia.

– É assim mesmo, Seu José. Os pais nunca sabem com quem os filhos andam. Às vezes, até em más companhias... que, neste caso, não é o caso. Serão todos enforcados na Praça da Piedade, sem dó nem piedade, sem caridade e sem clemência.

– Valha-me Jesus.

– Que ele valha a nós todos, meu amigo.

José de Araújo levantou a cabeça para o céu, abriu os braços e, enquanto as lágrimas do desespero escorriam pela cara enrugada e cheia de fios brancos, chamou pela mulher:

– Francisca de Deus, vem aqui!

Antes que a mulher se aproximasse, Gregório Alves tratou de se afastar, pois tinha coração mole e não aguentava mais assistir a cena de agonia e de sofrimento.

E registrou, em suas anotações, os versos que depois passaria a limpo e serviriam para engordar o volume do *rumance* ou ABC que haveria de concluir, editar e lançar em toda a Bahia, contando a história daqueles homens que, um dia, sonharam em ver o povo – o seu, o deles, o da Capitania inteira – libertos da tirania e da opressão:

> Dói na alma, dói no corpo,
> Dor maior no coração,
> Quando de um jeito tão torto
> Traz um homem sua missão,
> Que é dura que nem um morto,
> Que é viva e sem ambição:
> Ao invés de trazer conforto,
> Uma trágica informação.

Profeta

– Se Ele é o que julga, o que a um abate e a outro exalta, bendigo o fruto da carne fresca, da ânsia e do desejo, dos irmãos que pagarão tão caro pelos sonhos e pelos ideais, pelo frescor da vontade e da verdade. Por sonhar sempre os mesmos sonhos, a mesma trilha forrada de pedras, o caminhante à frente, errante, cego e errante, sujo e impotente, de repente se virou para trás, olhos nos meus olhos, quase implorando: "Me leva, que sou teu pai".

Bando da lata

As ruas de Salvador acordam cedo. Sacudidas por um sol que não tem igual, se abrem para mulheres com trouxas de roupas de ganho na cabeça, a caminho do Dique do Desterro, do Tororó, da Lagoa do Abaeté ou dos chafarizes públicos.

As ruas de Salvador acordam cedo, também, para receber os homens com suas calças folgadas, alpercatas de borracha, camisas de algodão abertas no peito, a caminho das padarias, das olarias, das alfaiatarias, das barbearias ou das oficinas onde ganham o sustento.

Acordam cedo, também, para receber os capoeiras que saem de suas casas juntamente com o sol, apenas para afastar a fama de preguiçosos, de machos sustentados por fêmeas, xingamento desmoralizante e muito feio.

As ruas recebem, ainda, o bando da lata, formado por meninos que transformam latas de querosene ou de banha em instrumentos musicais, que cantam as canções dos poetas, prosadores, seresteiros e namorados do coração da Bahia. Um desses meninos, Raulindo, é filho do meu amigo João de Deus, revolucionário de primeira hora, alfaiate e um dos líderes do movimento buzista que anda espalhando folhetos pelas ruas de Salvador, com dizeres, mensagens e pensamentos que têm tirado o sono de muita gente. É filho também de Luiza, prima e comadre de Lucrécia, dona dos meus sonhos de amor e uma das mulheres mais fortes da Bahia, guerreira de corpo e alma.

Raulindo é quase meu sobrinho.

Da rua, bate na lata e me saúda:

– Bom dia, meu tio.

– Bom dia, Rualindo. Como vão seu pai e sua mãe? – pergunto, fechando a janela antes mesmo de ouvir a resposta.

Não quero que desconfiem de mim. Para me consumir, já basta o medo.

A CONFRARIA DOS BÚZIOS

Filha e neta de escravos, mulata de coxas grossas, seios fartos e bunda grande, Lucrécia, meu amor Lucrécia, tinha a capacidade de fazer com que se formasse, diante de sua passagem, uma corrente de olhos machos ávidos e pidões. Uma das mulheres mais atuantes no movimento que ganhava os corações e também as ruas da Bahia, uma das primeiras a chegar à sede da Academia dos Renascidos, uma das últimas a sair, guardava segredo quanto às reuniões, às intenções do seu grupo de revoltosos e quanto aos nomes dos companheiros.

Lucrécia usava um búzio preso à pulseira de couro de cabra que trazia na munheca. Insisti muito para que um dia ela me contasse, finalmente, que o búzio era uma identificação combinada entre os seus parceiros revoltosos, para facilitar a identificação entre eles. Usava também uma argola na orelha, bijuteria comum à maioria das mulheres, mas que, em seu caso, funcionava também como um elemento de reconhecimento e peça-símbolo da união entre os alfaiates, militares, pescadores, professores e lavadeiras que faziam parte do grupo que tentava erguer, sob a benção do Senhor do Bonfim, a Conjuração Baiana.

A meu pedido, o amigo Gregório Alves, grande poeta Berimbau do Bonfim, escreveu o poema de amor que entreguei a Lucrécia, no dia do seu aniversário, com a explicação que me foi possível:

"Não fui eu que fiz, mas é como se fosse".

Muito antes dos sobrados
Da minha velha Bahia
Os sonhos eram sonhados
E o amor já existia.
E renasci na alegria
E me afastei da inércia
Só porque te vi, Lucrécia,
No alvorecer do meu dia.
Achei o tempo perdido
Ó, flor do meu coração
Falo com orgulho e razão
Que hoje sou um renascido.

Com o meu amor debaixo do braço

Com o meu amor debaixo do braço, bato pernas até a praia de Itapuã, que fica muito depois de uma caminhada espichada, de horas e muitas horas. Com ela me escondo entre os coqueiros, nos cobrimos de areia e de desejos, Lucrécia com os olhos em brasa, a mente cheia de sonhos, eu querendo apenas amá-la ao sol, na terra quente.

Amo o meu amor como quem mata uma sede muito antiga, seu corpo se desmanchando em meus braços, os meus olhos passeando pela paisagem sagrada de Itapuã, acompanhando o voo do pequeno passarinho do papo amarelo que nos acompanha desde a primeira curva da praia de Amaralina.

Descansamos da caminhada, do mergulho e do amor que esticou todas as cordas e todos os nervos do nosso corpo à sombra de uma pedra imensa que tem pra lá de onde os coqueiros se escondem. Lucrécia me diz que Itapoã quer dizer exatamente "pedra redonda", na linguagem sabida dos índios que ainda vivem por aqui e que se afastam para detrás dos declives quando nos aproximamos, como se permitissem, generosos, que usássemos sem cerimônia suas posses.

Caminho até a beira do mar e fico olhando as ondas que vêm e que vão, que antes de voltar quebram na praia e se esparramam na areia. É bonito, é bonito, é bonito e eu penso que poderia fazer uma canção dizendo isto, mas não sou compositor. Talvez um dia um filho meu com o meu amor Lucrécia, ou um neto, um bisneto, trineto ou o que for, venha a escrever essa música para a minha lembrança cantar, onde quer que o meu espírito esteja, pois o mar quando quebra na praia é bonito, é bonito, é bonito.

Profeta

Por saber que Deus vibra com a salvação do filho, satisfeito com o desejo do coração, dano-me insano, na busca do desejo da carne. Ainda que em brasa, na vã mentira, ainda que trêmula, a carne salva os que nela acreditam. Porque o gozo é a libertação do corpo, sofreguidão da alma, e não há filho de Deus neste mundo – seja jovem, adulto ou velho – que não se dane quando a noite vem. Uns pedem perdão. Outros, nem isto.

Eles são muitos, comandante

O intendente de Polícia da Capitania arrumava papéis no armário de madeira da repartição quando ouviu o barulhinho provocado pelo rato que se escondia entre as prateleiras. Não encontrou o bicho, mas ao levantar a cabeça bateu os olhos na figura magra, roedora, escorregadia e peluda do cortador de cabelos e capitão da Milícia dos Pardos, Joaquim José de Veiga.

O barbeiro pediu licença e puxou uma cadeira, mesmo sem ter sido convidado a se sentar, dizendo que tinha umas denúncias a fazer:

– Tenho nomes e endereços dos sediciosos, dos responsáveis pela revolta que está colocando a Bahia em pé de guerra, autores dos folhetos, dos panfletos, das pichações que se espalham pelas ruas de Salvador.

– São negros?

– Misturados. Negros, brancos, pardos, pobres, ricos... Eles são muitos, comandante. São muitos...

– Onde fica o seu local de trabalho? – perguntou o intendente.

– Minha barbearia fica na Rua Direita do Corpo Santo, meu senhor.

– Como sabe dessas coisas?

– Participei da reunião realizada hoje cedo, no Campo do Dique do Desterro.

– Hoje?

– Hoje. Sábado, 25 de agosto.

– O que o senhor fazia nessa reunião de inimigos da Coroa?

– Convidaram-me. Eles pensavam, e ainda bem que eles assim pensavam, que eu poderia me tornar um deles.

– Quem convidou o senhor?

– João de Deus do Nascimento.
– De onde o senhor conhece esse tal João de Deus?
– Da farda. Também é da Milícia, cabo da esquadra do Segundo Regimento. Exerce o ofício de alfaiate, e dizem que é dos bons.
– Que mais sabe dele?
– O infeliz é de Cachoeira e tem 27 anos de idade.

E SE ELES ESTIVEREM CERTOS?

O intendente agradeceu a prestimosa colaboração, pois na salinha de espera ainda se espremia, para ser ouvida, uma ruma, uma fileira de delatores, maior do que a corda de caranguejos que ele comprava nos finais de tarde de sábado, nas barracas da Ribeira, para preparar e comer com a família no almoço de domingo.

O delator Joaquim José de Veiga fez não sei quantas mesuras e reverências servis, respondendo aos agradecimentos da autoridade. Afirmou que tomara aquela atitude movido pelos mais puros sentimentos de patriotismo, amor à Bahia, ao Brasil e a Portugal.

E também – disse ele – porque "se tem coisa de que eu não gosto e não tolero é covardia".

Joaquim bateu pernas em direção ao seu covil, na Rua Direita, ciente do dever cumprido e orgulhoso por estar ajudando o governo a livrar as terras da Bahia da sanha dos traidores.

Em casa, já noitinha, a mulher quis saber do marido por onde ele andara o dia inteiro. Mastigando o pedaço de carne de sol como quem mastiga pedra, uma angústia repentina ardendo-lhe os olhos e provocando cólicas lancinantes em seu estômago, Joaquim José de Veiga gaguejou, entre lágrimas, entre dentes.

– Não sei onde estava nem sei mais o que eu fiz. Alguma coisa me diz que talvez eu não tenha perdão jamais.

A mulher o olhava, entre incrédula e confusa, desconfiando da sanidade mental do outro. Ainda recolhia os pratos da janta quando o ouviu gemer:

– E se eles estiverem certos, Durvalina?!

TEMOS DITO

– Escreva aí, professor Barata:
"Animai-vos, povo bahiense, que está
para chegar o tempo feliz da nossa Liberdade:
o tempo em que todos seremos irmãos, em que todos seremos iguais". Esses ditos ditarão um dos nossos panfletos. Os outros vão falar também que queremos direitos iguais para brancos e pretos e pobres e ricos, um governo igualitário na Bahia, a instalação de uma República em nossas terras, a diminuição dos impostos e o aumento de salário para os soldados...

– Tudo isso, soldado Luiz Gonzaga?
– Tudo a que temos direito, professor.
– Então, alinhavando os assuntos: proclamação da República, diminuição dos impostos, abertura dos portos, fim do preconceito e aumento salarial.
– E temos dito!
– É para que eu não me perca...
– O senhor não se perde nunca, nosso mestre.

Meninos alegres

O menino Raulindo já dormia quando o pai retornou da reunião noturna, mas no dia seguinte foi acordado por ele bem cedinho, com as recomendações para que reunisse o bando da lata e fizesse a sua parte nos trabalhos ideológicos da família.

João de Deus explicou ao menino tudo sobre a reunião da noite anterior, repetiu as palavras de ordem e descansou os braços no parapeito da janela enquanto Raulindo corria para reunir o bando. E pouco depois já passava diante da porta de casa, sorrindo para o pai, acompanhado dos seus parceiros meio músicos meio arruaceiros, todos com latas numa mão e tábuas de madeira na outra, ensurdecendo as ruas com os seus cantos de guerra:

– Animai-vos, povo bahiense!
– Animai-vos! Animai-vos!
– O dia já vai chegar!
– Vai chegar! Vai chegar!
– É o tempo feliz da liberdade!
– Ade-ade! Ade-ade!
– Em que todos seremos irmãos!
– Olho no céu e pé no chão!
– E que todos seremos iguais!
– Porque Deus ganha a luta contra Satanás...

E lá se foi o bando da lata, pelo Terreiro de Jesus, Maciel, Pelourinho, Santo Antônio, batucando e cantando e repetindo o refrão que dizia que o tempo feliz da liberdade chegaria.

Um casal de idosos parou para vê-los passar e trocou comentários:

– Meninos alegres, está vendo?

– Pois é, meu bem. Pelo menos sobre a alegria ainda não estão cobrando impostos, não é mesmo?

Profeta

– Sete meses esteve a arca do Senhor na terra dos filisteus. O menino que nasceu de sete meses viveu sete dias e sete noites, deixando a mãe, o pai e os sete irmãos chorando por ele, neste vale de sete lágrimas. Por sete luas, sete sonhos, sete céus, sete saudades esperou pelos sete palmos de terra. Mais cedo ou mais tarde os filisteus retornam para cobrar o que não lhes pertence. E fica cada vez mais difícil expulsar os vendilhões.

A revolução industrial...

Reunidos na sede da Academia dos Renascidos, homens e mulheres picados pela mosca azul da esperança ouviam com atenção, admiração e respeito o professor Barata deitar falação para os atentos conterrâneos e camaradas, simpatizantes do movimento que começava a desenhar novos horizontes sob a luz da Bahia. Ele insistia na tese de que a esperança era um bem e o conhecimento um cabedal.

Por isso, dizia ele, era importante se saber o que acontecia no estrangeiro, como régua de valor e de comparação para medirmos o nosso lugar no mundo. Segundo o professor, o que naquele momento acontecia na Europa, e que ganharia o nome de Revolução Industrial, era um processo que empurrava o homem ao encontro do seu destino maior, o de ser dono absoluto do próprio nariz.

"Aqui, somos todos homens do trabalho, do ganha-pão e do fazer. E não do viver no bem-bom das rendas ou das heranças, não é mesmo? Somos da produção. E o que acontece agora é que a forma de se produzir muda quase que radicalmente", disse ele. E, lembrando que o pontapé inicial fora dado na Inglaterra, o ilustrado mestre ponteou: "Ali, naquele momento, a produção de bens e de utensílios simplesmente não é mais desenvolvida nas casas de quem produz, mas em locais apropriados, como fábricas e oficinas com maquinaria ideal, condições de trabalho honestas para quem produz e produção em quantidade capaz de gerar recursos, subsistências, liberdade".

Gesticulando sem parar, o professor ia de um canto ao outro da sala, falando diretamente com cada um dos presentes, olhando-os olhos, para ter a certeza de que era ouvido e entendido. Com um lenço na mão, Cipriano Barata enxugava o suor do rosto, passava as costas da mão na testa e gesticulava sem parar:

"Vejam, meus amigos e conterrâneos, que tudo isto é novidade, e que essas novidades nos trarão grandes mudanças. E a principal dessas grandes mudanças é a crise irreversível desse arcaico sistema colonial no qual algumas nações, a começar pela nossa, estão envolvidas, mergulhadas até o pescoço no compromisso cruel com as metrópoles europeias, como a França, a Alemanha, a Espanha e, no nosso pobre caso, Portugal. A crescente produção que vai alagar o mundo com a Revolução Industrial vai fazer com que tenhamos mercadoria a dar com o pau, desmantelando a exclusividade doentia que nos obriga a só manter relações comerciais com os nossos colonizadores".

Alguém quis saber do professor de que maneira aqueles ventos surgidos na Inglaterra, tão longe de nós, poderia chegar por aqui. Cipriano Barata não se fez de rogado: "Simples como ferrar uma rês, meu camarada. À própria Inglaterra interessa ampliar os seus contatos mundo afora, escoar a nascente e profícua produção. Tudo o que querem é que países da Ásia, da África e das Américas, onde estamos nós, possam reagir contra os seus algozes e negociarem livremente suas necessidades ou subsistências".

Era tarde quando Lucrécia apagou todos os lampiões de gás da sala de reuniões, na sede da Academia, e o grupo varou a madrugada de Salvador, cada um na direção de sua casa, de seu destino.

O destino de Lucrécia era o meu destino.

••• E A REVOLUÇÃO FRANCESA

Cipriano Barata explicou que os mesmos ideais libertários que inspiraram a revolução industrial, e que agora motivava mentes e músculos dos libertários baianos, também sopraram nos ouvidos e nos corações dos homens e das mulheres da França, erguendo um punho e declamando, em idioma desconhecido pela maioria dos presentes:

"Allons enfants de la Patrie, le jour de gloire est arrivé! Contre nous de la tyrannie, l'étendard sanglant est levé!".

Mesmo assim, foi aplaudido, pois vindo da boca do professor só podia ser coisa boa.

– Os desdobramentos, implicações e complexidade desse movimento revolucionário que sacudiu a França determinaram profundas modificações entre os homens, nas concepções de poder, na relação entre empregados e patrões, entre trabalho e capital, e também na estrutura das instituições políticas, jurídicas, econômicas e sociais.

Em seguida, o professor Cipriano Barata abriu sua imensa pasta de couro e retirou diversos textos de teor revolucionário, recolhidos e traduzidos por ele mesmo, que tratavam das mais modernas concepções de liberdades, dos direitos humanos, das mais esclarecidas relações de trabalho. Um desses textos, o professor fez questão de ler em voz alta, recebendo ao final os aplausos de todos os presentes na Academia dos Renascidos:

"Entre as maiores conquistas dessa revolução que colocou o mundo e os homens no caminho da liberdade de ir e vir, de organização, de trabalho e de pensamento, estão o fim da servidão, da escravidão e dos privilégios feudais, a declaração dos direitos do homem e do cidadão, o confisco dos bens do clero, a reforma do Exército e da Justiça, a declaração dos direitos do homem e o código de Napoleão, com a reforma judiciária que confiscou as terras da aristocracia".

Foi quando alguém comentou, no fundo da sala:

– Tomaram, papudos?!

Deus seja louvado

Eu a esperava na cozinha, a chaleira de café ainda quente em cima do fogão a lenha, quando Lucrécia chegou muito feliz e otimista com os rumos que tomava a Conjuração dos Búzios, com o aumento significativo, a cada dia, do número de baianos interessados em se unir aos revoltosos.

Bebemos aguardente, comemos carne do sertão com farinha de mandioca, depois tomamos café em xícara de ágata e fizemos amor na esteira, como dois moleques de rua de Salvador. Felizes, como dois moleques de ladeiras, gozamos naquele momento não só o contato dos nossos corpos, mas a união de nossas almas.

Grávida?
Grávida. Lucrécia estava grávida de um filho que seria nosso. Que nasceria, quem sabe, em uma Capitania da Bahia já liberta do jugo português, se a luta de Lucrécia, meu amor Lucrécia, e seus companheiros sair vitoriosa. Mas como será um filho meu com Lucrécia? Ela é negra, filha de escravos. Sou sertanejo, filho da roça, de pele branca ou morena quase vermelha de tanto sol. O nosso filho será um mulato sarará.
Um homem forte, corajoso e verdadeiro?
Um capoeira?
Um valente revolucionário?
Um grão para as areias do Abaeté?
Deus seja louvado.

No espelho das águas do Desterro

– Cipriano Barata!
– Presente.
– José Raimundo Barata!
– Presente.
– Manuel Faustino!
– Presente.
– Lucrécia Maria Gercent!
– Presente.

– Francisco Moniz!
– Presente.
– Inácio Pires!
– Presente.
– Luiza Francisco de Araújo!
– Presente.
– Manoel José de Vera Cruz!
– Presente.
– Romão Pineiro!
– Presente.
– Domingas Maria do Nascimento!
– Presente.
– José Félix da Costa!
– Presente.
– João de Deus do Nascimento!
– Presente.
– Inácio da Silva Pimentel!
– Presente.
– Pedro Leão de Aguilar!
– Presente.
– Ana Romana Lopes!
– Presente.
– José do Sacramento!
– Presente.
– Lucas Dantas de Amorim.
– Presente.
– Joaquim José da Veiga!
– Presente.
– Joaquim José de Santana!
– Presente.
– José Joaquim de Siqueira!
– Presente.
– Nicolau de Andrade!

– Presente.
– José de Freitas Sacoto!
– Presente.

Ajuntamento. Era preciso quórum para que o movimento se sustentasse nas próprias pernas. E que essas pernas se espalhassem por toda a Bahia, e que depois atravessassem mares e luas. Quórum que poderia se traduzir em respeitabilidade junto àqueles que o viam como rasteira e miúda manifestação de meia dúzia de revoltosos, grupelho de sediciosos redatores de panfletos, mera revolta de escravos e de alfaiates.

– Vamos fazer tremer os alicerces e as estacas dessa velha Bahia – disse Lucas Dantas. – Não podemos nos urinar feito vira-latas medrosos diante dos latidos ferozes e das ameaças do governador da Capitania de Todos os Santos, D. Fernando José.

– A pressão é grande, meus amigos – disse Cipriano Barata. – Especialmente no Tribunal da Relação, nos indivíduos que o compõe, nas poses e nas togas cheias de caspas dos desembargadores Manoel de Magalhães Pingo, Avelar de Barbedo e Francisco Sabino da Costa Pinto. Contra esses, nossa luta, nossos brios, nossa força. E que os orixás nos protejam.

Profeta

– Porque o grande pai disse: "Não temas, não te atemorizes", o homem bíblico de nome Josué perdeu o medo e ganhou o mundo. Josué tinha trinta mil homens valentes para enfrentar as noites, para refazer os dias e as estradas, para mostrar ao grande pai que nenhuma emboscada nos embosca quando temos saúde, coragem e trinta mil homens.

E quando não temos força, nem ninguém, como enfrentar leões, ladrões e pestes sem sequer saber de que lado o céu nos contempla?

Como uma bola de fogo

– É como uma bola de fogo correndo sobre labaredas! – explica o professor. – Cada vez que gira sobre o próprio corpo, mais ela se incendeia e aumenta chamas e brasas. Para todo canto que a gente olha vê revolta, vê gente revoltada, querendo o mundo, o mundo inteiro ou, pelo menos, o pedaço de mundo em que vive. Desde o século passado que a bola vem que vem, rodando e girando, queimando e contaminando, com o fato histórico que ficou conhecido como A revolta dos Beckman – quando pequenos proprietários rurais se revoltaram contra a Companhia de Comércio do Maranhão, que queria manter a todos no cabresto.

– Beckman é o sobrenome de Manuel Beckman, o líder dos revoltosos, que foi condenado à morte e executado. Já no começo deste século três movimentos significativos, e que nos servem de inspiração, pipocaram e engordaram a bola de fogo: o Motim do Maneta, ocorrido aqui mesmo nesta nossa Bahia, liderado por um comerciante que tinha esse apelido manco, chamado João de Figueiredo da Costa, foi um protesto genuíno contra indivíduos que detinham o monopólio do sal; aqui também tivemos a Revolta do Terço Velho, nome original e bonito que me deixa arrepiado ao pronunciá-lo. Essa foi encabeçada por soldados corajosos que se rebelaram contra a aplicação de punições rigorosas às tropas.

– Punições rigorosas devem ser lidas como torturas, não é mesmo? É bom que fique registrado que os soldados líderes do movimento foram todos enforcados! A revolta explodiu por conta de uma sentença injusta dada contra três soldados. Daí o terço e daí a pular para Terço Velho. E também a Revolta de Vila Rica, acontecida lá pras bandas das Minas Gerais, quando um homem justo e de boa índole, de nome Felipe dos Santos, se revoltou contra a cobrança de mais um imposto, o chamado Quinto, inventado pela Coroa através das Casas de Fundição, que agora metiam a mão também em um quinto do ouro apurado pelos garimpeiros. Como se vê, meus amigos, na origem de todas elas, na origem de tudo, está a crueldade, a desigualdade entre os povos, a ganância e a prepotência dos colonizadores.

No fundo da sala ouviu-se alguém comentar "esse professor Cipriano é batuta mesmo". Depois de aplaudido por todos, o mestre saiu carregando sua bola de fogo.

Todos os pretos e pardos e brancos e azuis e amarelos

– Então me diga, Seu Joaquim José da Veiga, onde esse tal João de Deus pretende chegar com sua maluquice – falou o intendente de polícia.

– À Conjuração Baiana, meu senhor. Ele, juntamente com seus companheiros, pretende uma rebelião jamais imaginada e que não vai prestar para ninguém, pelo menos para os homens de bem da Bahia. Querem destruir, arrasar, mergulhar na lama e na podridão todos os membros da Administração pública, política e econômica de nossa terra, enfrentar e enxovalhar as leis de sua Majestade Fidelíssima.

O chefe da polícia coçou o gogó, abriu mais a janela para deixar entrar o vento e sentou-se, para respirar melhor. Nunca ouviu tanta história, de tamanha gravidade. Joaquim prosseguia, parecendo uma metralhadora de falação:

– Me disse ainda, o desajustado, que eu estava sendo um bobo e bitolado se não aceitasse me aliar, imediatamente, em suas fileiras, que chamou espalhafatosamente de "fileiras da liberdade", porque a sua turma tinha muita pólvora, chumbo e bala para gastar contra "os traidores do povo". Veja o senhor, traidores do povo.

– Disse isso, foi?

– Foi.

– Mas que sujeitinho pretensioso.

– Disse mais: que a marcha para a vitória deles, lá deles, era inexorável. Falou assim, inexorável, que nem Deus nem o diabo poderiam impedir o tropel arrasador da liberdade.

– Tropel arrasador?

– Foi o que ele disse, meu senhor. Quer dizer, foi o que ele blasfemou. Porque, segundo o mesmo João de Deus, os revolucionários não iriam comer o vatapá pelas beiradas, iriam direto ao aribé de barro onde morava o bom bocado, já que as ações, os ataques, sei lá o quê, se dariam nas fortalezas do inimigo, nas barbas dos poderosos, a começar pelo governador da Bahia. O senhor acredita?

– Mas, menino...

– Pois é o que lhe digo. Que o palácio do governo seria o primeiro lugar a ser atacado pelos revoltosos. Que a partir daquele momento, garantiu ele, todos os pretos e pardos e brancos e azuis e amarelos ficariam livres e libertos, que a Bahia nunca mais teria escravo algum.

Preencham meu coração

Naquele sábado, 25 de agosto, Luiz, João, Manuel e Lucas passaram em minha barraca, mas não me encontraram. Na barraca ao lado, especializada em aguardentes e beberagens, engoliram uma mistura de cachaça de São Félix com folha de pitanga e picaram as mulas no rumo do Comércio, onde fariam outras convocações, inclusive em Águas de Meninos – pois Lucrécia já reunira as meninas Luiza, Anunciata, Anésia, Anísia, Maria Augusta e mais as outras.

E foram arregimentando gente, arrebatando sonhos, pretos, brancos, pobres, ricos, pedras, paus, búzios, chapéus, louças, alpercatas de dedos, palavras de ordens, brilho estranhíssimo nos olhos, o cheiro forte dos cigarros de palha, acordando a cidade de Salvador com chamamentos e convocações, sorrindo feito crianças, cantando e recantando o hino da Conjuração dos Búzios e sempre repetindo os versos que diziam assim:

> Quando os olhos dos baianos
> Estes quadros divisarem,
> E longe de si lançarem
> Mil despóticos tiranos,
> Nas suas terras serão!
> Oh, doce comoção
> Experimentarão estas venturas,
> Se elas, bem que futuras
> Preencham o meu coração.

Profeta

– Ainda esta noite me negarei três vezes, eu mesmo, a mim mesmo, antes que o façam. A mim já foi negado tudo o que podia ser, do pão ao circo e à roupa de banho. Negaram quem me fizesse a barba, quem me abrisse os poros e os caminhos, os corpos molhados, os beijos ardentes, os lençóis limpos e as toalhas de mesa. Também me negaram a mesa e o que sobre ela poderia ser posto. Negaram-me o peito, o colo e até o rosto da mãe, me negaram o pai que só aparece em sonhos e ainda me disseram, com vozes cavernosas: "Vá, filho, e não peque mais".

Decisão tomada, caso julgado

O alfaiate Joaquim alinhavava o colete para um cliente, comerciante bem estabelecido na Praça da Sé, quando o visitante se apresentou. A alfaiataria ficava nos fundos da casa de moradia, nas imediações do Terreiro, quase na descida do Maciel. Depois do boas-tardes, chegue à frente, fique à vontade, ofereceu uma cadeira para o moço se sentar e ofereceu um copo de água, pois o pobre arquejava de tão cansado.

– A demora é pouca, meu senhor, o mensageiro foi logo dizendo. – O seu nome é Joaquim da Costa Rubim?

– Eu mesmo. A que devo a honra dessa visita?

– Trago notícias do seu filho, o soldado granadeiro Luiz Gonzaga das Virgens Veiga.

– Não tenho visto o meu Luiz. Acho que tem andado muito ocupado, sempre em reuniões daqui para acolá.

– Pelo visto, seu Joaquim, as reuniões não trouxeram bom futuro para o filho do senhor.

– O que o senhor quer me dizer?

– Que o seu menino, infelizmente, está preso e será enforcado como inimigo do governo. Decisão tomada, caso julgado, desfecho com data marcada.

– O alfaiate puxou outra cadeira e também se sentou. Abriu a janela e puxou para o peito uma dose caprichada de ar. Coçou os olhos e os poucos cabelos da cabeça.

– Eu sinto muito, meu senhor – disse o mensageiro, se afastando.

"E agora, meu Deus, como vou dar essa notícia à mãe desse menino", pensava Joaquim, enquanto o outro se retirava, ao mesmo tempo que sua mulher, Rita Gomes, chegava do mercado, com as compras.

– Senta um pouco, bem. Preciso te falar – ele disse.

Condenado por quem?

No Largo do Cruzeiro de São Francisco, o marceneiro Domingos da Costa passava o preparado de madeira no móvel que fazia sob encomenda, enquanto a mulher Vicência lavava as folhas de caruru, no fazer da comida do meio-dia, quando o visitante inesperado se anunciou.

Depois de muito pesquisar e de bater em muitas portas, Gregório chegou à marcenaria de Seu Domingos. O diálogo foi rápido, como não poderia deixar de ser:

– Seu Domingos da Costa e Dona Vicência Maria?

– Às suas ordens – disse o homem.

– São os pais do escravo liberto, marceneiro e soldado do Regimento de Artilharia Lucas Dantas de Amorim Torres?

Nessa hora, a mãe tomou a frente:

– Somos. E o Lucas não aparece aqui faz é dias. O senhor tem notícias do nosso filho, por onde ele anda?

– Eu tenho sim, minha senhora. E não são boas.

– Oxente! Como assim? – Seu Domingos quis saber.

– Lucas Dantas foi condenado à morte por enforcamento e esquartejamento.

– Condenado por quem?

– Pelo Tribunal da Relação da Cidade do Salvador, por votação de todos os seus desembargadores. A decisão será cumprida a mando do próprio governador da Capitania da Bahia, D. Fernando José de Portugal, por ordem da Coroa Portuguesa.

Os pais do infeliz se abraçaram, aos prantos. O agoniado mensageiro deu meia-volta e bateu em retirada, porque tinha coração frouxo e não aguentava ver cena de choro, de sofrimento, de angústia. Desceu o Largo do Cruzeiro do São Francisco em disparada, com uma quente e outra fervendo, sem olhar para trás.

Só Deus pode ter ciência
das maldades

Quando dava por encerrado os trabalhos do dia, vencido pelo cansaço ou pela preguiça que também era grande, eu seguia até a Feira de São Joaquim, em Água de Meninos, onde Lucrécia era feirante. Ela vendia comida farta, temperada no jeito bom de temperar que lhe deu Nosso Senhor, doce de leite, doce de coco, licor de umbu, castanhas de caju e rapadura.

Na Barraca de Lucrécia eu encontrei com Lucas Dantas, seu primo, que estava ali para convidá-la a participar de reunião do grupo revolucionário, a se realizar na oficina do ourives de nome Luiz de França Pires, correligionário simpático ao movimento deles. Lucas incumbira Lucrécia de convidar suas camaradas mais próximas, pois sentiam a necessidade de ter mais mulheres participando dos trabalhos, dos ajuntamentos, para que não ficasse parecendo atividade puramente masculina. E também porque, durante os encontros, fazia falta considerável uma ou mais presença de saia, para fazer um bolo de aipim, coar um café, abastecer de água as moringas, essas coisas.

Fiz-me acompanhar de Lucrécia, o meu amor Lucrécia, à casa do ourives, naquela manhã em que, além de encontrar o seu primo Lucas, que tinha por sobrenomes Dantas de Amorim Torres, pude ver de perto as figuras determinadas, valentes e corajosas de Manuel Faustino dos Santos Lira, João de Deus do Nascimento, Nicolau de Andrade, José de Freitas e outros de todas as cores, classes, tamanhos e disposição.

Lucas Dantas, que falava bonito de impressionar e de comover, tomou a palavra em meio ao palavrório que nesses momentos toma conta dos ambientes, para nos contar que alguns boletins revolucionários manuscritos foram parar em mãos das autoridades do governo, que viviam malucos para por as mãos em cima do grupo que, segundo elas, estavam colocando a Bahia de cabeça para baixo.

E disse mais Lucas: que essas autoridades, além de outras – porque nessas horas não falta quem queira colaborar com a tirania e com os mais fortes – haviam comparado a caligrafia dos papéis espalhados por Salvador. E concluíram que a letra empregada era de Luiz Gonzaga das Virgens.

Como concluíram? Lucas explicou que a letra de Luiz Gonzaga no papel já era conhecida, pois o alfaiate era useiro e vezeiro em preparar documentos para o governador e demais autoridades da Capitania da Bahia, reclamando de tudo, de todos e do que carecesse de argumentos ou de contestação. Que Luiz já havia respondido por crime de deserção, o que o tornava mais ainda suspeito de tudo o que bem quisessem suspeitar.

– Toda a polícia da Bahia está no encalço do nosso Luiz – bradou Lucas, deveras emocionado e comovido.

– Não está mais! – gritou da porta alguém que acabara de chegar. Prenderam o Gonzaga inda agorinha há pouco, na subida da Federação. O arrastaram não se sabe para onde, e só Deus pode ter ciência das maldades que bem podem estar fazendo com ele a essa maldita hora.

Profeta

– Quem disse que eu não teria medo de nada? Que eu seguiria por um vale escuro como a morte, repetindo "Deus eterno está comigo, me protegendo, me dirigindo", quem disse que enfrento o medo? A mesa que prometeram não estava boa, não fui recebido com festas e deusas nuas, um senhor, entre os senhores, um homem de boa índole e boa fé. Reconheço toda a bondade, toda a vontade de fazerem de mim um bom filho, mas não sei em que bolso da alma eu guardei os ensinamentos.

A MISSÃO

Na sala de aula, depois de perguntar quantos meninos tomaram café naquela manhã (poucos), quantos escovaram os dentes (pouquíssimos) e quem saberia dizer o que acontecia nas ruas de Salvador daqueles dias tensos e nervosos (ninguém), a professora Maria Quitéria explicou:

– Há mais ou menos três centenas de anos os portugueses tomaram conta de nossas terras, no muque, na força bruta e no poder da Coroa. Vocês querem saber o que aconteceu exatamente durante esse tempo, que transformou, para pior, a vida de seus bisavós, seus avós, de seus pais e, sobretudo, a vida que a vocês espera?

Silêncio. Um olhinho ou outro mais interessado. A professora Maria Quitéria foi em frente, pois essa era a sua missão:

– Foi instalado em nosso país, meus jovens, meus queridos jovens, um sistema colonial, onde a metrópole, aquela que em tudo manda, impõe às colônias, nós todos, os colonizados, que consumam os produtos e artigos que ela mandar. Pois bem, meninos e meninas da minha Bahia: a essa prática dominadora, ditatorial e cruel dá-se o nome antipático de exclusivo comercial. De exclusividade, de preferência. Acho que deu muito bem para entender. Então, o que somos nós, esses habitantes das colônias portuguesas?

– Somos populações colonizadas, professora.

– Muito bem. Colonizados e sujeitos, dia e noite, noite e dia, aos desmandos, às imposições e aos interesses dos mandatários da metrópole. Somos impiedosamente explorados e sufocados, dizem quando devemos dormir ou acordar, o que comer, beber e como trabalhar, porque os nossos políticos e autoridades estão completamente subjugados ao monopólio da colônia portuguesa.

Uma revolta, um levante, grave reação

Comerciante da Rua Chile, o vendedor de redes, rendas e tecidos puros Amir, de origem árabe, acabara de abrir a loja quando o cobrador de impostos, empregado da Coroa portuguesa, bateu com os calcanhares, chamando sua atenção:
– Boa tarde, senhor Amir.
– Boa tarde, senhor coletor.
– E os negócios, vão bem?
– Infelizmente, nem tanto.
Sacando do bolso do colete um caderninho onde registrava o dinheiro recebido – sem sequer passar recibo – o cobrador de impostos sorriu, amigável:
– Hoje nos faz um belo dia, não é, Seu Amir?
– Faz, senhor. Mas, apesar do belo dia que se apresenta por aqui, não tenho boas notícias para lhe dar.
– Não busco boas notícias, meu amigo. Apenas recolho dinheiro.

– É exatamente do que estou a falar, meu senhor. A semana foi dura e ruim, péssima para os negócios, pelo menos os meus. Não tenho um real em caixa para o senhor.

– Os réis não são para mim, como o senhor muito bem sabe. São para o governo português. Eu apenas os recebo. Em seguida, despacho para a Coroa.

– Compreendo, mas nada posso fazer.

– Eu poderia até compreender a sua situação, mas os portugueses, não. Eles não costumam ser compreensivos com os que não cumprem com os seus compromissos. O senhor já pensou se todos os comerciantes começassem a sonegar o pagamentos de suas obrigações? Seria considerada uma revolta, um levante, grave reação.

– Pensando bem, seu doutor, não seria uma má ideia – disse o comerciante.

E o cobrador de impostos, preparando-se para bater em retirada:

– Terei que transmitir sua recusa e suas palavras a quem de direito. Desconfio que o senhor vai acabar se arrependendo.

O Jornal da Bahia

Da primeira página do jornal de um dia qualquer:

> Uma terrível repressão tomou conta da cidade do Salvador nos últimos dias. A repressão ao movimento que está sendo chamado de Revolta dos Alfaiates ou Conjuração dos Búzios foi das mais violentas, com a execução de quatro revolucionários baianos, enforcados na Praça da Piedade. A violenta repressão metropolitana conseguiu

deter o movimento, que apenas iniciava-se, prendendo e torturando os primeiros suspeitos. O governador da Bahia, D. Fernando José de Portugal e Castro, encarregou o coronel Alexandre Teotônio de Souza de surpreender os revoltosos. Com as delações, os principais líderes foram presos e o movimento, que não chegou a se concretizar, foi totalmente desarticulado.

Após o processo de julgamento, os mais pobres, como Manuel Faustino dos Santos Lira e João de Deus do Nascimento, e os mulatos Luiz Gonzaga das Virgens e Lucas Dantas foram condenados à morte por enforcamento, e serão executados na Praça da Piedade, no dia 8 de novembro. Outros, como Cipriano Barata, o tenente Hermógenes d'Aguilar e o professor Francisco Moniz foram absolvidos. Os pobres Inácio da Silva Pimentel, Romão Pinheiro, José Félix, Inácio Pires, Manuel José e Luiz de França Pires foram acusados de envolvimento "grave", recebendo pena de prisão perpétua ou degredo na África. Já os elementos pertencentes à loja maçônica "Cavaleiros da Luz" foram absolvidos, deixando clara que a pena pela condenação correspondia à condição socioeconômica e à origem racial dos condenados.

A extrema dureza na condenação dos mais pobres – negros e mulatos – é atribuída ao temor de que se repetissem no Brasil as rebeliões de negros e mulatos que, neste momento, atingem as Antilhas. Todos os que serão enforcados são pardos, jovens, sendo dois soldados e dois alfaiates. Os heróis e mártires da Revolução são Manuel Faustino dos Santos Lira, pardo, forro, alfaiate, 18 anos; Lucas Dantas de Amorim Torres, pardo, liberto, soldado e marceneiro, 24 anos; João de Deus do Nascimento, pardo, livre, alfaiate, 27 anos; Luiz Gonzaga, pardo, livre, soldado, 36 anos. O pardo, escravo, lavrador, 32 anos, Luis Pires escapou de ser preso. Seria enforcado.

Também Pedro Leão de Aguilar Pantoja, branco, pequeno comerciante, que seria preso e degredado para a África. Muitos serão degredados para a África e para Fernando de Noronha. Outros revolucionários tiveram penas de prisão e entre eles estão cinco mulheres: Luiza Francisca de Araújo, parda, 30 anos, mulher de João de Deus; Lucréia Maria Gercent, crioula, forra, dona de barraca de comida em Água de Meninos, e que está grávida; Domingas Maria do Nascimento, parda, forra; Ana Romana Lopes, parda, forra; Vicência, crioula, forra.

Profeta

– A lei de caráter humanitário era clara, como a água mais clara do fundo do Rio Gavião: recém-casados não iriam à guerra, ficariam nos lares ou nos bares, promovendo a felicidade de suas mulheres. Então nenhum campo seria minado, nenhum inimigo seguiria os nossos passos leves ou pesados, descobriria os nossos segredos ou cortaria os nossos pulsos, ou cegaria os nossos olhos. Por onde quer que eu ande ainda hoje andará comigo o menino que ajoelhou de calças curtas no banco de madeira sujo de terra (alguém pisara ali com sapatos imundos) da Igreja Senhor do Bonfim, no alto mais alto da colina mais sagrada da Bahia. Glória a ti, a mim e nós todos, nesse dia de glória.

Teatro dos horrores (1):
Prisões

– Luiz Gonzaga das Virgens Veiga?
– Sim.
– Siga-nos! Você está preso.
Para o irmão Luiz Gonzaga, uma incelença à Virgem do Rosário: Que do vosso ventre se abriu num sacrário.
– Manuel Faustino dos Santos Lira?
– Sim.
– Siga-nos. Você está preso.
Pela alma do irmão Manuel Faustino, uma incelença que nos deu o senhor Deus: Nossa Senhora da Graça, livrai-me da peste. Ave-Maria.
– João de Deus do Nascimento?
– Sim.
– Siga-nos. Você está preso.
Pela alma do irmão João de Deus, uma incelença à virgem da Conceição: Deus não permita que eu morra sem confissão.
– Lucas Dantas de Amorim?
– Sim.
– Siga-nos. Você está preso.
Pela alma do irmão Lucas Dantas, uma incelença que Nossa Senhora deu a nosso Senhor.
Uma incelença entrou no paraíso. Adeus, irmãos, adeus, até o dia de juízo.
Da pequena casa encravada no Terreiro de Jesus, onde morava Luiz, o cortejo de horrores seguiu pela Piedade, desceu a Barroquinha e foi até a Sete Portas, recolhendo os demais infelizes. Enfileirados por uma corda que se estendia de pescoço a pescoço, um por um, feitos bois na canga,

fizeram o caminho de volta à Praça da Piedade, onde o cadafalso os esperava.

À frente, um carrasco segurava a ponta da corda. Atrás, outro carrasco organizava o desfile e acenava, canastrão e orgulhoso, para a plateia. Às margens das ruas, nas calçadas, o público assistia à procissão. Uns choravam, outros aplaudiam.

Assim como no teatro.

Um vento bravio acordou cedo a cidade, correndo liberto entre os coqueiros, assoviando nas telhas dos sobrados.

Teatro dos horroroes (2):
enforcamentos

Acordo cedo. Lucrécia, meu amor Lucrécia, não está na cama nem dormiu em casa. Já soube da prisão dos companheiros e sumiu. Provavelmente escondida em casa das companheiras. De Luzia, talvez.

Uma interrogação ecoando entre as pedras do chão ou as paredes das casas na Praça da Piedade quando os quatro, cabeças erguidas na direção do Cruzeiro do Sul, passaram por mim, a caminho do cadafalso.

Profeta

– Deus é bom, sua misericórdia dura para sempre, salva a todos de todas as tribulações. Deus está na esquina de todos os pecados, limpando as almas e dando brilho, abrindo os caminhos. Deus esperou por mim no sinal, mas eu não desci do ônibus, não vi o perigo, não enxerguei os buracos na estrada, não puxei a campainha.

Mas hei de seguir e seguir porque nunca é tarde.

Destinos

Visito o professor Cipriano Barata, detido na Casa de Detenção, para ter notícias de alguns amigos. Primeiro, ele me fala dos degredados Luiz de França Pires, conduzido para Cabo Corso; José Félix da Costa, apodrecendo na Fortaleza do Mouro; e José do Sacramento, despachado para Comenda, colônia sob o domínio da Inglaterra. Fico sabendo, também, que antes de serem despachados receberam publicamente, cada um, quinhentas chibatadas públicas, no Largo do Pelourinho. O ritual macabro foi encerrado com o convite ilustre para assistirem à execução de Lucas, Manuel Faustino, Luiz Gonzaga e João de Deus.

Li sobre os destinos dos demais no ABC de Berimbau do Bonfim:

Pedro Leão de Aguilar,
Sonhava com vida bela.
Mas por dez anos vai mofar
Numa masmorra em Benguela.
O escravo Cosme Damião,
Que gostava de jogar bola,
Recebeu o seu quinhão
Numa prisão de Angola.
Inácio Pires e Manuel Cruz,
Amigos do coração,
Penaram nas chibatas

E foram expulsos do seu chão.
José Raimundo Barata,
Da luta não tinha vergonha.
Degredado, pena ingrata,
Para a Ilha de Noronha.
Que aconteceu com os tenentes
Hermógenes e Oliveira?
Cadeia, moços decentes,
Que a vida não é brincadeira.
O professor Cipriano,
Que aos desvalidos ajudou.
Cumpre pena de três anos,
Num presídio em Salvador.

A ENCENAÇÃO

Vila de Santo Amaro / Palco iluminado e montado na praça central, em frente à igreja.

No centro do palco, atriz que representa Felizarda e ator que representa o Poeta.

Felizarda está acabando de encher de brasas o ferro de engomar.

Poeta bate com as juntas dos dedos no cenário, no que representa a porta de madeira da sacristia.

Poeta – Tarde, minha senhora. Permita-me, nessa hora, atrapalhar sua paz. Se o pedir não for demais.

Felizarda – Tarde, moço.

Poeta – Essa é a Igreja de Nossa Senhora da Purificação? Diga se sim ou se não.

Felizarda – Oxente! O senhor fala tudo fazendo rima, é?

Poeta – Desculpe. É que sou poeta, força do hábito.

Felizarda – A igreja é essa mesma, sim senhor.

Poeta – Aqui se encontra, enviado de Jesus, que por nós penou a cruz, o padre Antônio Francisco de Pinto?

Felizarda – No momento, não, pois foi dar a extrema-unção para um moribundo, mas daqui a pouco, sim. Celebra a missa no comecinho da noite. O senhor deseja esperar?

Poeta – Não é com o vigário que desejo ter, nem me sobra tempo agora, infelizmente, para acompanhar a santa missa.

Felizarda – E deseja o quê, então, homem de Deus?

Poeta – Falar com uma escrava dele, que tem por nome Felizarda.

Felizarda – Felizarda sou eu, desde menina. Em que posso acudir a sua pessoa?

Poeta – Dona Felizarda, esposa de Raimundo Ferreira, pais de Manuel Faustino dos Santos Lira, todos nascidos e criados aqui mesmo em Santo Amaro?...

Felizarda – Vixe, Maria, mãe de Deus, desenrole essa prosa e diga logo o que o senhor quer.

Poeta – Vim falar de Manuel.

Felizarda – O nosso filho não mora mais aqui. Vive na cidade de Salvador da Bahia. Trabalha como marceneiro e alfaiate. Aliás, é um dos melhores e mais respeitados alfaiates de toda a cidade de Salvador.

Poeta – É bom ver uma mãe toda prosa. E das virtudes de um filho tão orgulhosa!

Felizarda – Faz o de vestir para muita gente importante, da sociedade e do governo da Bahia.

Poeta – Eu sei. E é dele que trago notícias, que não são boas. Manuel Faustino será enforcado e esquartejado amanhã, na Praça da Piedade.

Entram em cena os personagens que representam os orixás do candomblé – Exu, Ogum, Oxóssi, Oxumaré, Xangô,

Iansã, Iemanjá e Oxalá – e começam a correr pelo palco. Uns fazem perguntas, os outros respondem:

Exu – Onde está a cabeça de Lucas Dantas?

Todos – Espetada no Campo do Dique do Desterro!

Ogum – Onde está a cabeça de Manuel Faustino?

Todos – Espetada no Cruzeiro de São Francisco!

Oxóssi – Onde está a cabeça de João de Deus?

Todos – No alto de uma estaca, na Rua Direita do Palácio!

Xangô – Onde está a cabeça e as mãos de Luiz Gonzaga?

Todos – Pregadas na própria forca, em exibição na Praça da Piedade!

Coro, formado pelos personagens que representam os orixás, atravessam o palco correndo, de um lado para o outro, recitando:

Coro – Piedade, Senhor, piedade, para a alma dos filhos desgarrados, que a essa hora penam nas penumbras do cerrado, os corpos dilacerados, as mães aflitas, os filhos órfãos, piedade, Senhor, Piedade, pela praga e pela desdita!

Lua vai baixando lentamente sobre o palco.

Não se ouve um aplauso sequer.

TRISTE BAHIA

Dias depois, voluntários da Santa Casa de Misericórdia percorriam as ruas de Salvador, conduzindo carroças puxadas por burros. Fizeram o roteiro que passava pelo Dique do Desterro, pelo Cruzeiro de São Francisco, pela Rua Direita do Palácio e pela Praça da Piedade, recolhendo pedaços de carne podre que espalhavam pelos quatro cantos um cheio de imundície misturada com vergonha, com lamentos, com a mais humana tristeza; triste Bahia.

Não se sabe em que baú de mistérios foram parar esses restos mortais.

Passado o susto e os temores, fui à cata dos livros do Tribunal da Relação, para saber e poder contar o que aconteceu com os demais. Muitos foram ao degredo na costa ocidental da África, fora dos domínios de Portugal, pois a Divina Coroa não queria sequer sentir o seu cheiro. E foram espalhados pela Europa os filhos da Bahia José de Freitas Sacota, Romão Pinheiro, Manuel de Santana, Inácio da Silva Pimentel, Luiz de França Pires, em Cabo Corso; confinados José Félix da Costa, em Fortaleza do Moura, e José do Sacramento, em Comenda, domínio da Inglaterra. Cada um deles recebeu quinhentas chibatadas no pelourinho, que estava, naquele tempo, no Terreiro de Jesus, e todos eles foram levados depois para assistirem ao suplício de Lucas Dantas, Manuel Faustino, Luiz Gonzaga e João de Deus, por ordem expressa dos executores. Pedro Leão de Aguilar Pantoja foi degredado por dez anos no presídio de Benguela. O escravo Cosme Damião Pereira Bastos, a cinco anos em Angola. Os escravos Inácio Pires e Manuel José de Vera Cruz foram condenados a quinhentos açoites, ficando os seus senhores obrigados a vendê-los para fora da Capitania da Bahia. Outros quatro tiveram penas que variavam do degredo à prisão temporária. José Raimundo Barata de Almeida foi degredado para a ilha de Fernando de Noronha. Para expiarem as leves imputações que contra eles resultavam dos Autos, como escreveu para Lisboa o governador D. Fernando José de Portugal. Os tenentes Hermógenes Francisco de Aguilar Pantoja e José Gomes de Oliveira Borges permaneceram na cadeia, condenados a "uma prisão temporária de seis meses".

Canalha escrava

Preso no dia 19 de setembro, Cipriano José Barata de Almeida foi solto menos de seis meses depois. À saída da Casa de Detenção, o professor declarou ao *Jornal da Bahia*, que colocou em manchete:

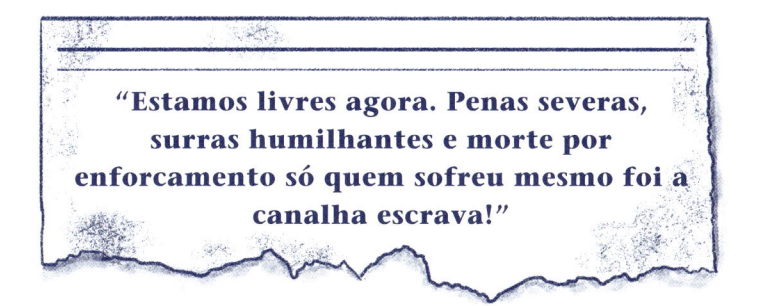

> "Estamos livres agora. Penas severas, surras humilhantes e morte por enforcamento só quem sofreu mesmo foi a canalha escrava!"

Mais alta que a ordinária

Inspirada nas notícias que emanaram da Praça da Piedade e voavam sobre a cidade, a professora Maria Quitéria resolveu explicar aos seus pupilos o que significava a palavra que ecoava nas mais diferentes versões: cadafalso, patíbulo, forca...

– É um instrumento de madeira, meus filhos, tão feio quantos os nomes que ganhou, usado para enforcar, matar, eliminar, executar, estrangular pelo pescoço infelizes condenados à morte. Um poste de madeira em pé, com outra peça de madeira atravessada nele, tem uma corda amarrada em forma de laço a pender do alto. O infeliz condenado a morrer na forca é colocado de pé sobre uma mesa ou cadeira, alçapão ou carroça ou lombo de burro, e o laço é posto em volta do pescoço. O que está sob os pés do condenado é retirado, bruscamente, ele fica pendurado na própria sorte, vagando no espaço, o laço da corda lhe estrangulando o pescoço, como se desse ali um nó cego.

Os meninos acompanham de olhos arregalados, enquanto a professora prossegue, didática e imparcial:

Para o extermínio dos nossos conterrâneos Luiz Gonzaga, Lucas Dantas, João de Deus e Manuel Faustino, o Tribunal da Relação da Bahia, que faz o que a corte espera que seja feito, decidiu: "Para este suplício se levantará mais alta do que a ordinária". A forca da Praça da Piedade era mais alta, para que maior fosse o salto no escuro, a balança, o susto, a dor.

E retirando uma folha de papel de dentro do livro de anotações de classe, começou a ler: "Diz aqui, retirado de um compêndio descritivo do objeto pavoroso em questão: A corda não pode ser curta demais, nem muito longa, para que o condenado seja executado de forma rápida e limpa. Se a corda tiver a medida ideal (considerando-se a altura e o peso do condenado), ela permite a queda perfeita do corpo, fazendo com que ocorra uma perfeita ruptura das vértebras cervicais, e a secção da medula espinhal interrompe imediatamente a respiração, provocando a morte rápida. Por outro lado, se for excessivamente longa, poderá causar a decapitação do condenado".

– E agora – disse a mestra – me deem licença, pois preciso vomitar.

Profeta

– Eu, que incendiei os campos e destruí as cercas, habitarei a casa do Senhor um dia desses. Nada me faltará, nem nas cidades nem nas veredas, açudes surgirão nas caatingas para matar a minha sede. Trago a bondade comigo, as lembranças amargas dos sonhos desfeitos, o temor longínquo das feras. Porque jamais fui forte, ao senhor eu confesso: apequeno-me ainda mais diante dos sustos e da doença e da fadiga que nos entristece. E peço ao pastor que além de me receber em sua casa, feche todas as portas e janelas.

A ALMA NÃO É PEQUENA

Depois do enforcamento conjunto, quando quem foi de chorar chorou, de aplaudir aplaudiu, uns olhando de frente e outros dando as costas, os corpos dos revolucionários foram esquartejados e distribuídos, que nem um mapa vivo, em lugares públicos, entre os mais frequentados pelas famílias, pelas crianças, pelos velhos ou pelos à toa.

A cabeça de Lucas Dantas ficou espetada em um poste bem alto ali mesmo, no Campo do Dique do Desterro. A de Manuel Faustino, no Cruzeiro de São Francisco. A de João de Deus foi parar na Rua Direita do Palácio. Na Praça da Piedade ficaram, em dolorosa e impiedosa exposição, a cabeça e as mãos de Luiz Gonzaga das Virgens.

Foi para as mãos de Luiz que Berimbau do Bonfim fez esses versos:

> TUAS MÃOS EM MINHAS MÃOS
> VÃO GUIANDO A MINHA PENA.
> A ALMA NÃO É PEQUENA,
> É GRANDE A ADMIRAÇÃO.
> LUIZ, AQUI TUAS MÃOS
> SUSTENTAM MINHA POESIA.

Pelas ruas da Bahia,
Becos do meu coração!

O primeiro urubu sobrevoando a cidade foi visto em Brotas, voando de costas porque parece que nem a ave das carniças estava suportando o meu cheiro. Depois outro e mais outro, logo um bando de pássaros pretos ocupava os quatro cantos da cidade, em direção ao Desterro, a São Francisco, à Rua Direita, à Piedade, à cata dos pedaços dos infelizes.

Homens da Santa Casa de Misericórdia, misericordiosos, correram a recolher as sobras tenebrosas, para enterrá-las em buracos improvisados na estrada que ligava a capital a Feira de Santana. Grudados nos restos mortais que seriam das costas de um deles – de Lucas? De Manuel? De João? De Luiz? –, um pedaço de pano branco, manchado de vermelho, foi levado aos céus pelo vento. Ganhou altura e começou a planar sobre as ruas de Salvador, encantando a uns, assustando a outros. Os meninos diziam que era uma pipa. Os velhos, que era assombração.

Eu também o via, mas nunca disse nada. Não queria ser tachado de maluco.

Olhos turvos de rato

Os homens da Santa Casa de Misericórdia continuavam a varredura pela cidade, guiados pelo mau cheiro, na busca de pedaços de carne ou ponta de ossos abandonados, quando estancaram diante da casa modesta na Rua Direita do Corpo Santo, sobre a qual um nevoeiro negro de urubus fazia a ronda.

Na meia-água puxada ao lado da casa, onde funcionava a pequena barbearia, encontram o corpo do delator Joaquim José da Veiga, pendurado por uma corda que descia da cumeeira, a imensa língua roxa para fora, os olhos turvos de rato virando lama, pedaços despencando da pele já quase podre.

Sobre o móvel onde ficavam navalha, amolador, espuma e álcool, o pedaço de papel sob o lápis, onde os homens puderam ler a frase que ficou sem explicação:

"E se eles estiverem certos, Durvalina?".

O PODER DA MEMÓRIA

Olho para o céu, quase cegando sob o sol de Salvador, e peço a todos os orixás que pairam sobre as luzes da minha terra: justiça, divindades, justiça para que a vergonha não seja maior do que o poder da memória.

Sigo de cabeça baixa para não ver os pedaços dos amigos repartidos em porções inglórias, seus olhos desgrudados das têmporas e grudados em meus olhos, as faces cegas, os sonhos moucos. Tapo o nariz para não sentir o cheiro de sangue podre que o vento espalha embalando os muros, varrendo as calçadas. Chuto cabeças de ratos, que guincham excitados diante do banquete prometido.

Enquanto recolho o que sobrou das mercadorias em embornais sob a barraca, acompanho o movimento dos barcos de pescadores que começam a preparar o dia para mais uma labuta em alto-mar, guiados e empurrados pelo vento. Nem imaginam o quanto esse vento hoje está podre.

Jamais senti tanto medo em toda a minha vida.

O ABC

Esconjuro todo dia
Sem a urgência do agora.
Esconjuro toda hora
Vivida sem valentia.
É como viver na ilusão
Construindo castelos de areia
Fingindo que a morte não é feia
Enganando o próprio coração.
É como fingir que está dormindo
Quando a casa começa a incendiar
Pra não ver a desgraça no lugar
Não olhar o tumor evoluindo.
É como dizer-se pequenino
Pra fugir à responsabilidade
Sem saber que moral não tem idade
Mas o homem a traz desde menino.
Milionário ou pobre peregrino
Cada um tem aqui sua missão
Que é viver ombro a ombro com o irmão
Construindo um ideal de harmonia.
Mas existem os que forjam, noite e dia
O chiqueiro para a noite se deitar
Sem vergonha de se enlamear
No dejeto pior, a covardia.
Quero neste ABC de rimas pobres

Relembrar os que não negaram a lida
Que lutaram por ideais tão nobres
Mesmo pagando com a própria vida.
Canto homens que honraram a existência
Que foi dada por Deus, Nosso Senhor,
Mesmo vítimas da maldade e do horror
Não se esconderam nem pediram clemência.
Canto hoje e amanhã por Lucas Dantas
Homem puro, escravo liberto, marceneiro
Que combateu, mas que não foi por dinheiro
E sim pelo dom maior que se levanta.
Que foi patrono e senhor da fidalguia
Sempre lutando para ganhar o bom bocado
A quem vimos enforcado e esquartejado
Com os seus pedaços pelas ruas da Bahia.
Também canto o cantar de Manuel
Que fez a vida entre a agulha e a linha
Foi um mestre na ciência da bainha
Alfaiate dos melhores sob o céu.
Mas na luta pelas regras da igualdade
Combateu o bom combate com louvor
Seus pedaços nos postes de Salvador
É o cartão-postal da insanidade.
Da qual também foi vítima João de Deus
A quem canto seus ideais de vanguarda
Bom alfaiate, cabo de esquadra
Que brigou pelo que é meu, pelo que é seu.

Mas mereceu a mesma sorte dos irmãos
O seu pescoço endureceu na Piedade
Do bom João hoje só resta uma saudade
E a vergonha no Tribunal da Relação.
E por fim, meu amigo Luiz Gonzaga
Eu também canto o teu exemplo tão raro
Quem te cortou ainda há de pagar caro
Tua memória não será lembrança vaga.
Eu bem me lembro do soldado granadeiro
Que pretendeu ver o seu povo libertado
Só conseguiu ter o seu corpo estraçalhado
Oferecido ao abutre que chegou primeiro.

As ondas

– Podem mandar entrar o mulato sarará.
– Com licença, meu senhor.
– Seu nome, meu jovem?
– Antônio.
– Idade.
– Dezoito.
– Nome do pai.
– José.
– Profissão dele.
– Feirante.
– Nome da mãe.
– Lucrécia.
– Profissão dela.

– Feirante também.
– Você tem instrução?
– Sim.
– O que tem na maleta?
– Roupas e meus papéis.
– Papéis?
– Anotações.
– Sobre o quê?
– A Bahia. Sobre uns baianos.
– E quem são?
– Quem foram. Mártires. Revolucionários da Revolta dos Alfaiates. O senhor já ouviu falar?
– Sim. E o que vai fazer com esses papéis?
– Escrever um livro.
– É professor?
– Escritor.
– E o que leva um escritor a procurar emprego como marinheiro?
– As ondas, meu senhor. As ondas do mar.

Rumo a Lisboa

Não aguento mais trabalhar, por isso não abro minha barraca no mercado, mas também não sei ficar parado. Cato búzios na beira do mar, os lavo e faço os buraquinhos para passar a corrente. Ao meu lado, Lucrécia, meu amor Lucrécia, pinta os búzios, em cores variadas, deixando-os vistosos e alegres.

Lucrécia também não consegue mais se locomover até a feira de Água de Meninos, o reumatismo não deixa. Então, vende as peças na porta de casa mesmo, às vezes trocando-as por um pedaço de carne-de-sol, um pouco de farinha, cuia de feijão-de-corda ou uma peça de pano que dê uma blusa para ela ou uma camisa para mim.

Pergunto pelo nosso filho, que não vejo há tanto tempo.

– Nem vai ver tão cedo – ela diz. – O Antônio arranjou emprego de marinheiro.

– Oxente!

– Foi. Embarcou ontem num navio que vai até Portugal.

– Portugal? O que aquele menino vai fazer em Portugal?

– Quem sabe, homem? Coisa lá dele.

Profeta

– Como o pelicano do deserto ou a coruja das ruínas, também não durmo, Senhor, irmão que sou do passarinho solitário nos telhados. Se não me ouves nem me abraças no dia da minha angústia, procuro no fundo da mente as tuas palavras, aquelas, que respondem às minhas súplicas e clamores. Se os inimigos me insultam, reajo, cão sarnento e danado, coração aos pulos, também comendo cinzas misturadas com lágrimas. Aos olhos de quem me persegue faço minhas as tuas palavras: "Como a sombra que declina, assim os meus dias, e eu me sou secando como a relva".

Ninguém consegue

Aqui e agora, enquanto o filho e os netos seguram minhas mãos e o médico me manda respirar, mesmo sabendo que não mais conseguirei, vejo ao meu lado, sentados nos tamboretes em volta da cama, os amigos Luiz, João de Deus,

Manuel e Lucas, que nada perguntam e apenas olham nos meus olhos, bem dentro dos meus olhos.

Luiz, João, Manuel e Lucas, benditos amigos que tiveram seus nomes tornados malditos até a terceira geração, que depois de enforcados tiveram seus corpos esquartejados e expostos nos lugares públicos para quem quisesse passar e olhar e se admirar e servir de exemplo.

E até hoje quando passo ainda vejo a cabeça de Lucas Dantas espetada no Campo do Dique do Desterro; a de Manuel Faustino, no Cruzeiro de São Francisco; a de João de Deus, na Rua Direita do Palácio; a cabeça e as mãos de Luiz Gonzaga das Virgens pregadas na forca que por muito tempo se manteve como um monumento ao horror, na Praça da Piedade; minha cabeça girando, girando, de um lado para o outro sobre uma gangorra, enquanto o médico ordena que eu respire, mas não me diz para quê.

Então volto a passear por esta cidade, pela minha cidade, refazendo os passos dos meus amigos, conduzidos para o destino que a vida, o ódio e a maldade lhe reservaram. E revejo minha São Salvador naquela manhã, excitada, ansiosa, a população se dividindo entre os que tremiam e os que vibravam, meus olhos grudados nos olhos de Lucas, de Manuel, de João e Luiz Gonzaga.

Peço ao médico que arranque de minha cabeça, com a ponta da faca, essas lembranças que, agora, na hora da morte, ainda esconjuro essas histórias que me futucam o cérebro feito alfinetes, mas ele não consegue.

Ninguém consegue.

FIM

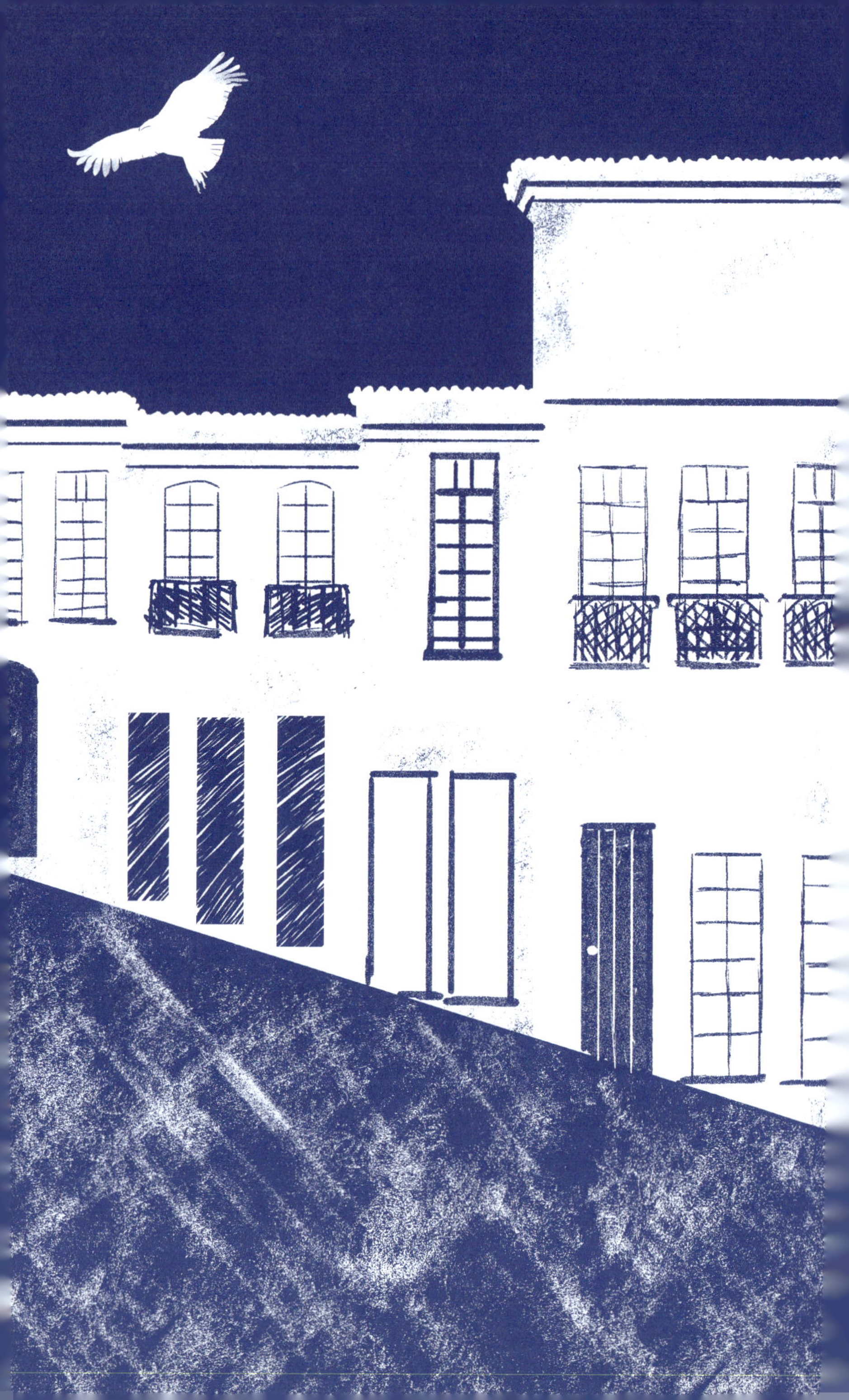

Notas do autor

1. Os séculos XVIII e XIX foram marcados, entre nós, por conjurações, revoltas e conspirações. Ideias liberais – fortemente influenciadas pelo exemplo da Revolução Americana (1776) – ganharam proporções, e o enfrentamento às teses repressoras se espalharam.

As pontas firmes desses movimentos encontram-se na Inconfidência Mineira (1789), na Conjuração do Rio de Janeiro (1794), na Conjuração dos Búzios (Revolta dos Alfaiates), que se deu na Bahia, em 1798, ou na Revolução Pernambucana de 1817. Ainda podemos citar a Revolta dos Malês (também na Bahia, em 1835), a Revolução Praieira (Pernambuco, 1848-1849), a Cabanagem (Pará, 1835-1840), Balaiada (Maranhão, 1838-1841), a Sabinada (Bahia, 1837-1838) e a Guerra dos Farrapos (Rio Grande do Sul (1835-1845) etc. (vamos aos livros!).

A onda de pequenas e grandes revoltas populares prossegue até o final do século XIX. Em 1874, estoura na Paraíba – estendendo-se em seguida a Pernambuco, Rio Grande no Norte e Alagoas – a Revolta dos Quebra-Quilos, liderada por aqueles que se opunham às mudanças estabelecidas pelos novos padrões de pesos e medidas do sistema internacional.

2. Transmito ao leitor a observação que me fez o professor e escritor Chico Alencar, quanto ao "ABC do título". Lembra o historiador que no ABC clássico ("até Santo Agostinho escreveu um"), as estrofes ou versos seguiam na ordem o alfabeto inteiro, começando sempre pelo abecedário. Permiti-me (e permiti ao poeta Berimbau do Bonfim) a licença poética, fazendo o que ele chamou de "ABC livre", cultivando outra tradição das feiras nordestinas: se referir assim ao folheto de cordel:

"Já leu o ABC do Lampião no Inferno? E o do Cego Aderaldo?"; e por aí fomos.

3. Os textos em itálico, as observações históricas e o Hino da Conjuração dos Búzios são transcrições de publicações na imprensa, panfletos oficiais ou apócrifos espalhados pelas ruas da Bahia, ou salvos por arquivos que, driblando o tempo, as intempéries e as imaginações, vieram parar no Google.

Ou não, pois tudo aqui se trata de uma obra de ficção.

Prêmio Literário 200 Anos de Independência
Ministério da Cultura / EDITAL DE SELEÇÃO PÚBLICA
Nº 01, DLLLB/SEC/MINC DE 04 DE JULHO DE 2018,
Prêmio de Incentivo à Publicação Literária,
realizado pelo DLLLB.
Obra inscrita sob o título *Abc da Liberdade*.

Este livro foi impresso na Gráfica Edelbra,
em Erechim, em julho de 2021.
As fonte utilizadas foram a ITC Stone Serif para textos e
a ADLib para títulos. Os papéis utilizados foram o Offset 90g/m^2
no miolo e o cartão supremo 250g/m^2 para a capa.